CROWN

～王位に臨む者～

CROSS NOVELS

1

観たいテレビ番組のために、帰宅する。残業も接待も今夜だけは、スケジュールから外す。

こんなに逸《はや》る気持ちを抑え、足早に家路を辿《たど》ったのは、何年ぶりのことだろう？

今年で三十一にもなろうという男が、することでもないだろうに、いったい俺は何をしているんだろうな？

そうは思っても、鷹栖愛《たかすめぐむ》は社内にある自室、専務専用の個室から、いつになく早々と消えていた。秘書と運転手が同乗したベンツに乗り込み、ついつい家路を急がせると、自宅前まで到着するやいなや、挨拶もそこそこに車から降りた。

そうしてタワー・マンションのエントランスを抜けると、エレベーターフロアへ向かう。

今にも扉が閉まりかけたエレベーターに飛び込み、最上階のボタンを押す。

あとは扉が開くのを待つだけだが、ここで鷹栖は、ようやく一息ついた。

左手首にはめた時計に視線をやり、ふいに込み上げた可笑《おか》しさからか、唇の角を上げた。

『何を慌てているんだか、時間はまだあるっていうのに』

その微笑を捕らえたエレベーター内の飾り鏡には、仕立てのいいスーツを纏った男の姿が写し出されていた。スレンダーな全身、しなやかな肢体、健康的でみずみずしい肌理《きめ》細やかな肌、少し明るめで細く柔らかな髪、気丈そうな柳眉、表情によっては鋭い印象もあるが、長い睫《まつげ》に縁取られた瞳は、ブラウンダイヤのようだ。その上、嫌味なく通った鼻筋の先は、適度な高さを維持していて、形良く整った薄い唇には、仄《ほの》かな色香がかもし出されている。

彼を知らない者に、一見だけで職種を連想させると、大概が「モデル」と答える。

会社役員だと教えてやると、驚くと同時に「もったいない」と口にする。

それほど鷹栖愛は、生まれ持ったビジュアルに、恵まれた男だった。と同時に、優れた頭脳と判断力、機転の良さや発想の豊さをも持ち合わせた、類稀《たぐいまれ》な才能を我が物とする男で、決して小さくはない医療機器製造販売メーカー・NASCITA《ナシタ》の中にあっても、一際《ひときわ》輝く逸材だった。

社歴の上でも、過去にはない若さで代表取締役専務という席まで上り詰めた存在感は、周囲の者から羨望を、そして嫉妬を誘うものがあった。

『どうでもいいけど、この鏡は邪魔だな。一人で乗っているときはまだいいが、数人乗ると混んで見える。まあ、慌てて出てきたときには、身だしなみをチェックするにはいいけど…』

鷹栖は飾り鏡に写る姿を見ると、その目を細めた。

『――――無愛想な顔。そういえば、すぐに目を細める、この癖をどうにかしろって、朱雀《すざく》監査役にも、良く言われたっけ。そうでなくとも言動が荒いのに、今以上にキツク見られるのは損だぞって。その癖を直して、愛想笑いの一つも覚えたほうが、味方も増える。得だぞって』

自身に嫌悪を覚えながらも、一人の男の姿を思い起こした。

利発そうなマスクに爽やかな笑顔、情熱的な眼差しに雄弁なトーク、自分にも他人にも厳しい男だったが、実直な姿勢は誰からも好かれた。

先ごろ急性骨髄性白血病《きゅうせいこつずいせいはっけつびょう》で他界した朱雀流一《りゅういち》は、鷹栖より四つ年上の幹部役員で、入社したてのときから目立っていた鷹栖を、弟のように気にかけ、何かと助言をくれた男だった。

鷹栖の才能や経営手腕を認めながらも、あまりに早い出世を陰で妬む者が多い中で、唯一「やられたな。まあ、がんばれよ」と、本気で悔しそうな顔を見せ、それでも軽く肩を叩いて、笑ってくれた男だったのだ。

『朱雀監査役』

鷹栖は細めた目を一度伏せると、薄い唇をキュッと噛んだ。

手にしていたビジネスバッグを胸に抱え、息が止まるほど抱き締めた。

『――……っ』

閉じた瞼《まぶた》が震える。決して表には出ない慟哭《どうこく》が、還らぬ男を思って、じんわりと睫を濡らす。

だが、最上階に到着したエレベーター内に、到着を知らせる音がチンと響くと、鷹栖は胸元で抱き締めたビジネスバッグを下ろして、顔を上げた。

閉じた瞼と固く結んだ唇を開き、最上階のフロアに降り立った。

そうして切れのいい靴音を鳴らして、自室までの数メートルを歩く。一人暮らしには広すぎる3LDKの部屋に入ると、オフホワイトを基調とした玄関から、真っ直ぐに伸びた廊下を進んだリビングへ向かう。内装のほとんどをデザイナー任せにしてしまった住居は、どこを見ても洒落《しゃれ》た家具で、埋め尽くされていた。いたるところに置かれた観葉植物も、週に二日は入るハウスキーパーの手入れで、一つとして枯れることなく、室内を明るく、そして清潔に見せている。また、仕事や役職柄か、人を招くこともあるので、リビングには二十名程度がゆったりと腰を落ち着けられる応接セット、壁一面に作り付けられた収納スペースの中には、大型画面のテレビやオーディオセットが収納されており、リビングからそのまま出ることができる広々としたデッキゾーンには、新宿の夜景を一望できる、ジャグジーバスまでが設置されていた。

しかし、そんな豪華なリビングをスッと横切ると、鷹栖は二十畳ほどの寝室へ入って、ビジネスバッグをベッドに放った。ジーンズとシャツというラフな姿に着替えたあとは、携帯電話だけを手にして、部屋の片隅に障子で仕切られた四畳半ほどの和室へ入る。中央に置かれた、冬から出したままの炬燵《こたつ》に足を入れると、テーブル上に携帯電話を置いて、代わりに置いてあったテレビのリモコンを手に取る。一人で観るなら、これで十分と言いたげな二十インチサイズのテレビを付けると、ホッと一息ついて、ゴロリと横になった。が、付けた途端に笑顔の男と目が合い、鷹栖は反射的に身体を起こす。

「朱雀…っ!?」

テーブルに両手をつくと、衝動的に身を乗り出す。

「――――なんだ、CMか」

流れていたのは、これから放送される番組の予告編、年の初めに病に倒れた朱雀が、その闘病生活を軸に製作を提案したドキュメンタリー番組だった。自社とその関連会社である東都《とうと》製薬、東都大学医学部付属病院の普段の仕事をありのままを撮って残した、今となっては遺作、彼の最期の仕事と呼べるもので、東都という医療機関グループがどれほど必死に、またどれほど努力を続けているのかを人々に伝えたくて、言葉ではなく映像で表したものだ。

『朱雀監査役…』

ただ、誰がどれほど懸命になっても、どうにもならないことはある。寿命、宿命としか言いようのないときはある。朱雀流一に関しては、国内でも最高水準といえるだろう治療環境に身を置きながらも、最良の治療ができなかった。ＲＨマイナスＡＢという特殊な血液型が災いし、骨髄移植を頼めるドナーに巡りあえなかったことから、入院してわずか三ヶ月で他界することになった。その不運に社内の誰もが涙し、彼のことを思い起こすと、溢れる涙を堪《こら》えることができない。

「これだから、どんなに誘われても、会社の連中とは、観れないんだよな」

鷹栖にいたっては、朱雀が他界してからまだひと月たらずとあっては、涙が溢れ出したら止めることが叶わないという状況だ。

『んとに…、この人には、何度泣かされたかわからない』

鷹栖は苦笑を漏らすと、涙に濡れた顔を、テーブルに伏せた。

流れる涙をシャツの袖に含ませ、ジッとしたまま肩を震わせた。

『しょっぱなから、お前の実力は認めるが、代わりに自分が若いことも認めろと叱咤《しった》されては、泣かされて。他の幹部たちのパワハラから庇《かば》って貰って、酒を飲んで愚痴を零《こぼ》すたびに泣かされて。身の上話をし合っては泣いてもらって、また泣かされた――――』

こんな顔は誰にも見せたことがない。鷹栖が泣くのはいつもここ、自宅の中でも一度として他人が入ったことのない、この小さな空間だけだ。

『しかも、癌《がん》だと告白されては泣かされて。会社を、社長を頼むなって言われては泣かされて。

最後は細く長い煙突の先から、白い煙が空へと立ち上るのを見せられては、また泣かされた』

それでも、鷹栖は朱雀が残したドキュメンタリー番組が始まると、テーブルに伏せた顔をわずかに傾け、二時間半のスペシャル番組を見届けた。

『でも、何度泣かされてもいいから、生きてほしかった。ずっと笑って、ずっと近くに居て、小言もいっぱい言ってほしかった』

観終えたあとにはキッチン脇のバスルームでシャワーを浴びて、泣き濡れた顔や気持ちは綺麗に洗い流して、気持ちを切り替えた。

『どうして俺が純粋に好きになる人、大事にしたいと思う人は、みんな先に逝くんだろうな？　両親も、前社長も、朱雀監査役も――……。みんないい人なのに、もっとも、もっと生きてほしかった人たちなのに』

と、バスローブに身を包んだところで、タイミングを計ったようにインターホンのチャイムが鳴った。鷹栖は脱衣所から足早に玄関まで行くと、扉に向かって声を出す。

「はい？」

「俺、東《あずま》だ。約束の時間より少し早く着いたんだけど、大丈夫か？」

返ってきたのは、聞き馴染みのある男の声だった。

「いいよ。上がって」

鷹栖は玄関にかけたチェーンやロックを外すと、東と名乗った艶やかで美丈夫な男を笑顔で招き入れる。

「何？　店に嫌な客でも来たの？　それで早上がり？」

「失礼な。うちに嫌な客なんか、来やしないよ。一秒でも早くお前に会いたくて、ついアクセルを踏み込んだだけさ」

束はそう言うと、廊下を移動中だというのに、力強く鷹栖の肩を摑んできた。鷹栖よりも広い肩幅、硬質で長い腕の中へ、引き寄せた。

「よく言うよ」

鷹栖はクスリと笑うと、男の肩に寄りかかった。その後は瞼を閉じて足を止め、頰や唇に男の唇が降りてくるのを、黙って許した。

＊＊＊

鷹栖が勤める医療機器製造販売メーカー・ＮＡＳＣＩＴＡに、社内を揺るがすような激震が次々と走ったのは、二〇〇五年の春も終わろうというころだった。

最初の激震となったのは、四月二十五日月曜日午前七時四十五分、旅行中だった若きＮＡＳＣＩＴＡの代表取締役社長・白石《しらいし》朱音《あかね》が、誘拐されたことが発覚したときだった。

犯人は、生まれながらの大病を患った子供を抱えていたことから、その苦悩を上司に訴えていたにもかかわらず、取り合ってもらえなかった上に、重なる疲労から犯したミスを〝社内の機密を故意に流出しようとした〟と誤解され、つい先日解雇されたばかりの元社員・栗原《くりはら》だったこと

から、事態は複雑なものになっていた。

鷹栖は白石に同行していた秘書の野上耀一《のがみよういち》から一報を受けると、すぐさま会社に出向き、幹部たちを呼び寄せた。犯人からの指示通り、本社にて要求を待ち、そして要求後はできる限りの対応に努め、白石が開放されるのを待った。そうして六日目を迎えた四月三十日土曜日午後四時三十分、白石は、子供を預かった病院側の努力と誠意からか、自責の念に囚われた栗原自身の手により解放され、無事に本社へ戻ってきた。これですべてが一件落着とはいかないまでも、白石の身を案じていた者たちは安堵《あんど》した。事件発覚後から続いた緊張も、ようやく解くことができた。

「社長！　白石社長が戻られたぞ」

「白石社長がよくぞご無事で」

社内の一部では感極まる声が次々と上がり、事件そのものを秘密裏に処理してきた幹部とその秘書たちは、誰もが肩を叩き合って喜び、胸を撫で下ろす。

「筒井、みんな、心配かけてごめんね。もう大丈夫だから」

「社長！　ご無事で何よりです」

当然鷹栖も、それは他の者たちと、同じだった。

「鷹栖も、迷惑をかけたね」

「いえ」

先週末に顔を合わせたときと比べて、明らかにやつれはしたが、それでもいつもの笑みを浮かべる白石の姿を見ると、人知れず大きな溜息も吐《つ》いた。気を緩めれば、すぐにでもその場でしゃがみ込んでしまいそうなほど、鷹栖も今回ばかりは、参ったと感じていた。

『ああ…、よかった』

あまりに続いた緊張が解けた脱力感から、鷹栖は笑顔も浮かばなければ、特別歓喜を示したような言葉も出ない。今の鷹栖の姿から窺《うかが》えるのは、ただ疲れたという顔、もう寝かせてくれという表情ばかりだ。しかし、そのために鷹栖は、心無い幹部から、痛烈な嫌味を言われた。

「不服そうだな、鷹栖愛。そりゃあ、社長が無事に戻って来なければ、取って代われたかもしれないんだから、気持ちはわからないではないが。でも、少しは笑ったほうが、体面がいいぞ」

「お前はそうして体面ばかり気にしてるから、出世しなかったんじゃないのか？　白石克《しらいしまさる》。せっかく父親が社長の叔父、自分だって社長のいとこだっていうのに、未だに取締役なんてさ」

疲れと睡眠不足は、そうでなくともきつい鷹栖の悪口に、拍車をかける。

「っ!!　人が心配してやりゃ、覚えてろよ。お前なんか、すぐに専務の座から引き摺り下ろしてやるからな」

「楽しみにしてるよ、白石取締役」

普段から、こうした切り返しをしてしまうのは、鷹栖の悪い習慣だった。ふいに目を細めるのと一緒で、もはや癖と言っても、過言ではない。たとえこの場に朱雀がいて、「だからクールだ、シビアだと言われるんだ。時には冷酷だと言われて、損をするんだ」と叱咤したところで、鷹栖は無理に今の自分を変えることはしないだろう。むしろ、白石の身を案じていたことは、共に対応に当たっていた者たちなら、誰もが知っているはずだ。無事に戻ってきたのだから、これ以上騒ぎ立てる必要はないだろうと、この話そのものも、そこで終わらせてしまうのが、この鷹栖愛だ。どんなことに対しても、反応が正直すぎるのだろうが、これが彼の良いところであり、欠点だと言ってしまえばそれきりだ。

『はぁっ、うっとうしい。克も以前は、あんなんじゃなかった気がするのに、どうしてああなったかな？　やっぱり同期でしかも年下の俺が、あまりに早く出世しすぎたか？　縁故もないのに実力の差を見せすぎたか？』

それだけに、鷹栖のこんな態度を目にするたびに、本社役員の中では最年長の五十六歳、先代社長の片腕でもあった常務取締役の筒井《つつい》は、肩を落として苦笑した。

「あ〜あ。どうしてああかな、鷹栖専務は」

ときにはこうして、ぼやくことさえあった。

「ようやくホッとできたところを邪魔されて、腹が立ったんでしょう」

野上も右に倣《なら》って、溜息を吐く。

「それにしたって、笑って受け流せば済むものを、わざわざ相手を怒らせるところが、悪いくせだ。しかも、相手が誰でも容赦がない。利害をものともしない態度は清々しいが、あれでは先が思いやられるぞ。せっかく今回は、頑張りが高じて、回りの評価も上がっただろうに、それさえ無駄にしかねない態度だ。そうは思わないか？」

「ええ、まあ」

二人はこの六日間で覚えた、鷹栖に対しての新たな好感もあり、これまでにはしなかったような心配もつい、してしまった。特に野上は、鷹栖と行動を共にしていた時間が、他の幹部たちよりも長かった分、以前より鷹栖への興味や関心も増していたようだ。

『せっかくの評価を、無駄にしかねないか————。だが、この六日間、彼が本当に頑張ってくれたことは、事実だ。我々の立場からでは、手も足も出せないという状況の中で、誰より憤《いきどお》っていただろう自分を抑え、社長の安否を気遣ってくれた。社長が留守だということを、他に悟らせることなく、業務も見事に代行してくれた。その仕事運びは、完璧にしてスマート。確かに天性の才能だ。客観的に見るなら、経営者としての手腕は、朱音さんより上だ。だが、だからこそ、あれでもう少し愛想がよければ、彼は今より確実に幅広い社員たちにも慕われ、愛されるだろうにと、愚痴が出る。筒井常務がぼやくほどとなれば、そうとうだ』

鷹栖は入社当時から言動が激しく、仕事に関してはどこまでも実力主義の一辺倒ということから、社内では「過激派」「タカ派」と呼ばれていた。中にはその毅然とした態度や立ち居振舞い、生まれながらの王者を思わせる風格、何より類稀な発想と才能に尊敬と恐怖を込めて、「NASCITAの鷹」とあだ名し、呼んでいる者もいるぐらいだ。だが、そんな鷹栖の強さが、いざというときには頼もしい。人並み以上の機転の良さと即決力は、若さとは関係のない鷹栖本来の魅力であり実力だったと、野上は改めて感じていた。今は亡き先代社長が鷹栖の何を好み、評価し、また期待して異例なまでの出世を許したのかが、理屈抜きにわかったと思うほどだ。

『鷹栖愛————か。昔から悪感情は表に出すのに、好感情はいつも内に秘めたまま。不器用と言えば不器用なのかもしれないが、これはそれ以上にもったいない話だ』

けれど、だからこそ野上は以前にも増して、願うようになっていた。鷹栖には社員から好かれる専務になってほしい、せめて同じ幹部役員に忌み嫌われることのない専務でいてほしいと。

『彼の優れた容姿が浮かべる知的な笑みなら、経営者としても立派な武器になる。どこまでもやんわりとした朱音さんとは対照的だろうが、それでも決して足を引っ張るものにはならない。人の笑顔というものは、やはり無くてはならない…、あ！』

それなのに、人が思うようには、まったく動いてくれないのも、この鷹栖愛という人間だった。

『あーあ』

マイペースと言えば、それきりなのだろうが、野上は時も場所も憚《はばか》らずに欠伸《あくび》を漏らした鷹栖を目にすると、今度は溜息では済まず、肩を落とした。

『ああして気の抜けたところは、隠そうともしないのに、どうして彼は部下に対して、愛想笑いの一つができないんだ？　若さをカバーするために、力の誇示に走るぐらいなら、普段にボーっとするのを、まず気を付けるべきだろうに』

と、野上の心配を他所《よそ》に、白石が鷹栖のほうへ歩み寄ると、その腕を軽く叩いた。

「それより、今日の今日で悪いけど、さっきも連絡したように、すぐに今回の事件のことに関して報告と、今後の対策会議を開きたいんだ」

幹部たちへの礼を一通り済ませると、すぐに次の行動に移ることを伝えた。

「お部屋の用意はできています」

鷹栖は普段どおりに答えた。

「ありがとう」

白石も普段どおりに相槌を打つ。NASCITAのトップに君臨する社長と専務。そんな肩書きで呼ぶには、華やかすぎる二人の青年は、一人一人でいるときよりも、二人で並んだときのほうが、数段きらびやかで、神々しい。優麗で可憐な笑みが似合う白石に、鮮麗で冷笑が似合う鷹栖の組み合わせは、鑑賞するだけなら、これほどいい組み合わせはない。

「なら、着替えてくるから、早速始めようか」

「はい」

だが、二人の間に、穏やかな空気が流れたことは、あいにく一度としてなかった。白石が持つ、やわらかで穏やかなオーラも、鷹栖が放つ緊張感の前には、弾き返されて壊れてしまう。

「じゃあ、みんなは先に会議室に。私もすぐに行く」

「はい」

けれど、こんなムードには、お互いが慣れたもので、白石は周囲に声をかけると、幹部たちを先に会議室へと移動させた。そして着替え終えると集った幹部たちと共に円卓を囲い、このたびの事件の報告と、今後に対しての対策会議を行った。入室を許されていた各自の秘書たちは、それぞれの主の背後について、自分が必要だろうと判断したことをメモに取り始める。

それから一時間は、瞬《また》く間に経った。

「以上を踏まえた上で、今後このようなことが二度と起こらないよう、各支社、各部署の管理職及び班長に至るまで、上に立つものとしての心構えを叩き込み直す。そのための再研修を実施すると同時に、いかなる社員でも、公私で抱える悩みや問題を気軽に相談できる窓口を社内HPに設置、投稿を見落とすことのないよう、受け取り側も層を厚くすることで、しばらくは様子を見ていく。みんなをはじめとする部長、課長クラスには、これまで以上に仕事を増やすことになると思うけど、ここはしっかりと頼むね」

「はい」

時計の針は、五時三十分を指し、会議もそろそろ終わりに近づいたときだった。

「では、会議はここまで。あと――」

「社長、よろしいですか？」

最後に何かを言いかけた白石の言葉をさえぎるようにして、鷹栖はその隣で、席を立った。

「何？　専務」

「これを」

上着のポケットから封書を取り出すと、辞表と書かれたそれを、白石の前に提出する。

「っ…、鷹栖専務」

一瞬にして、室内がざわめいた。

『鷹栖専務！　方城《ほうじょう》、これはいったい…、と』

野上は咄嗟《とっさ》に秘書課の後輩、鷹栖の秘書を務める方城世紀《ときのり》を探したが、あいにく彼は、つい先ほど入った電話のために席を外しており、この場にはいない。そのため、野上は彼が、このことを知っていたのか、否かさえ、確かめることが叶わなかった。

「これは、必要ないよ。今回のことだけで言うならば、責任は社員のトップに立つ私にある」

ざわめく室内を静めるように、白石は差し出された辞表を滑らせ、鷹栖の前へ戻した。

「いえ、社長が体調を悪くされてからの総括は、ほぼ私が取ってきました。栗原が犯した罪の責任、そしてそこに至るまでに追い込んでしまった、管理職に対する監視不行き届きの責任は、この私にあると思います」

「なら、その責任は、これからもっと我が社のために勤めることで、果たしていってほしい。今のNASCITAに鷹栖愛という男は必要だ。今回のことでは、辞表を受け取る気はない」

普段は穏やかな口調の印象しかない白石ではあるが、こうしたときには柳眉を吊り上げ、高圧的な言い方をする。他の者には、ここまで絶対的な地位を誇示することはまずしないが、鷹栖が相手になると、白石も力でねじ伏せにかかる。

「…っ」

だからといって、鷹栖にしても、この場に至るまでには、さまざまな覚悟を決めてきた。しかも、これは、あと一歩で王位に手が届く、NASCITAという国の玉座に手が届くという地位にまで上り詰めたものを、すべて投げ出し、綴った辞表だ。それを「受け取れない」と言われたからといって、簡単に引っ込められるほど、やわな決断ではない。鷹栖は、意地で引けないのではなく、ここまで大事を引き起こした責任だけは、誰かが取る必要はある。そうでなければ、今後のNASCITAのためにならない。細部にまで行き届いた、社員がより安心して勤めることができるための管理体制が徹底できないだろうという思いの強さから提出しているだけに、一度出したものを引くなど、できないという状況だ。

しかし、そんな鷹栖に、白石は笑顔で言った。

「さ、しまって。これは社長命令だ」

「いやです」

鷹栖も、こんなときばかり、美しい笑顔で返した。

「しまって」

「いやです」

「しまえって」

「いやです」

ますます室内の空気を凍りつかせた二人の掛け合いは、その後もしばらく続くことになった。

「鷹栖！」

「いやです。なら、これは一身上の都合と言うことで、提出させていただきます」

「たっ、鷹栖専務！　何もそこまで。ここは社長のおっしゃるとおり、一度引いたらどうだ」

漂う空気に耐えかねて、白石の逆鱗にいた筒井が、身を乗り出して、鷹栖を窘《たしな》める。

「口出しは無用です、常務取締役。辞表が受理されるまでは、私があなたの上司だ。部下に口を挟まれるいわれはない」

「――――っ」

だが、年功序列をものともしない鷹栖は、筒井が相手でも、この調子だ。むしろ、こうした場であればあるほど、肩書きを強調することで、自分の若さというハンデを、払拭しようとする。

『ああ、また。他に言いようがあるだろうに』

白石の背後で見ていた野上は、思わず額に手をやった。

筒井がこのあしらいでは、他に鷹栖を抑えられるものなど、誰もいない。

「もう…、いい加減にしろって、鷹栖。いいから、この話は、ここで終わり。少しは融通しろよ、話が先に進まないいじゃないか」

結局、最後は白石が自ら席を立つと、辞表を手にして、その場で破いた。

「何をするんですか」

顔色を変えた鷹栖に向かって、破いた辞表を投げつけると、ここぞとばかりにムスッとした顔を向け、大きく息を吸い込んだ。

「だから、常務の上司が専務なら、専務の上司は社長の私だって言ってるんだ。これ以上言わすな、時間の無駄だ！　だいたい社長以前に、会社の筆頭株主である私が、お前には辞められたら困るんだって言ってるんだから、少しは素直に聞けばいいだろう。それとも、何か？　私はこれぐらいのことでは、鷹栖を手放さないし、勝手に辞めることも許さない。お前はNASCITAのものなんだって、何度も言わせたいだけなのか!?　だったら、あとで嫌ってほど言ってやるから、今はだだを捏《こ》ねるな。別れ際の女じゃないんだから、潔《いさぎよ》く引け！」

子供の喧嘩かと思うような暴言を一気に吐き散らかして、白石は逆らう鷹栖どころか、室内の全員を唖然とさせる。さすがの鷹栖も、これには黙った。

『――――なっ、何が別れ際の女だ。例えが違うだろうが、例えが!! 俺は会社を辞めたいって言ってるんであって、辞めさせないでって縋《すが》ってるわけじゃないんだぞ、ふざけるな』

どんなに心で怒鳴り返したところで、実際口からは、何も吐き出せない。力業で来られるならまだしも、こうした捨て身の切り返しに、鷹栖は弱い。どんなに普段思ったままのことを言動で示す鷹栖であっても、会社でここまで感情的になることは、不可能だ。彼の人一倍高いプライドは、憎まれることは言えても、笑われそうなことは言えない。このあたりは、ある意味白石よりは、常識人だ。

「くっ…、くくく」

だが、白石ほど半端なく居直られると、周囲も呆れる前に、大したものだと感心をする。

「社長にかかったら、専務もお手上げだな」

その結果、幹部たちからの嘲笑は、すべて鷹栖に向けられる。

『結局俺が笑いものかよ。これだから社長と絡むのは嫌なんだ』

鷹栖は、ギリギリと奥歯を噛んだ。憤慨からか、白い頬は、すでに真っ赤だ。

『大体、なんでここまでむきになって、引き止めるんだよ! 俺なんかそもそも、あんたの目の上のコブだろう? いつか社長の座から引き摺り下ろしてやるぞと言わんばかりの、敵対専務だろうがよ!』

鷹栖は、どんな自分のほうが理に適っていると思うときでも、白石にだけは、こうして引かざるを得なくされることが多かった。最後は、これ以上むきになったところで、逆らうだけ自分が

馬鹿だと、何かにつけて思い知らされる。

『くそっ！　明日からゴールデンウィークに上乗せして、ありったけの有給を消化してやろうかな。さすがに一ヶ月も出勤しなきゃ、自動的に首になるよな？』

そして今日も、鷹栖は破り返された辞表を握り締めると、着席するしかなくなった。野上や筒井にまで笑われながらも、握り潰した辞表を上着のポケットへ突っ込んだ。

「わかってくれて、嬉しいよ。鷹栖専務」

白石は満面の笑みを浮かべて、鷹栖の神経を逆撫でする。

『決めた。俺は来週から出社拒否だ』

そんな白石から顔を背けると、鷹栖は完全に不貞腐《ふてくさ》れの体勢に入った。

「で、話が落ち着いたところで、ここからは別の話になるんだけど」

しかし、鷹栖との一件が片付いても、白石は着席をしなかった。

「鷹栖やみんなに、ぜひ私のわがままを聞いてほしい」

深刻な趣《おもむき》で円卓に両手をつくと、一度鷹栖のほうを見てから、幹部全員を見渡した。

「わがまま？　なんのことですか？　社長」

白石は、両手をついたまま、深々と頭を下げた。

「――――限界が、来た。今の私には、この席は重すぎる。もう、退《しりぞ》きたい」

NASCITAに、この一言から、新たな激震は走る。

「え!?　白石社長？」

驚きから次々と幹部たちが席を立つ中で、野上は「そんな話をここでするなんて、私は聞いてない」と、思わず叫びそうになった。

『何!?』

鷹栖は、あまりに突然すぎる白石の辞意表明に、今度は自分だけが、席を立つことができない。それどころか、驚くまま振り返ると、鷹栖はこの場では誰も見ることがなかったであろう、頭を下げた白石の顔を、覗《のぞ》き込むことになった。

「こんなことを言ったら怒られるかもしれないけど、許されるなら元居た研究室に戻りたい。どれほど残っているのかわからない未来への時間は、機器の研究開発に費やしたい」

それは、先ほど自分を怒鳴りつけた白石とは、別人かと思うほど、苦悩に満ちたものだった。

「会社の長として多くの社員の先陣を切るのではなく、この手でたった一つでもいい――、自分が思い描く未来の医療機器を研究し、開発し、そして実用化に結びつけて、ＮＡＳＣＩＴＡという会社に残していきたい。多くの医療関係者や患者のために、今ある思いを形にして、残していきたいんだ」

遺恨も何も忘れて、抱き締めたい。そう感じるほど、痛々しいまでの姿だった。

『白石…社長』

このとき会議室の壁にかけられた時計の針は、五時四十六分を指していた。

二十五階建てのオフィスビルの窓からは、これからライトアップされるだろう東京タワーが、普段と変わることなく、美しく見えていた。

2

どちらかと言えば控えめで、普段はおとなしい印象のある常務取締役の秘書・原田昌利《はらだまさとし》が、社長室をはじめとする幹部役員の個室が揃う二十四階の廊下を走ったのは、白石が辞意表明をした数分後のことだった。

「――方城先輩！　方城先輩はいますか？」

原田は専務室まで走り着くと、ノックも無しに扉を開けた。

「あ、いた。方城先輩！」

部屋の左奥に置かれたデスク脇に立つ方城の姿を見つけると、息を荒げて歩み寄る。

「どうした？　原田。まさか、専務に何かあったのか⁉」

ちょうど受話器を置いたところだった方城は、原田の様子に驚くと、反射的に鷹栖の名を上げた。鷹栖の秘書を務めて五年になる方城にとって、こうして誰かが自分を探すときは、必ず鷹栖に関してのこと。それゆえ、まずは安否から確かめるのが、方城の習慣になっていた。

「いえ、そうじゃないです。まったく関係がないとは言いませんが、実は…、白石社長が辞意表明をしました。たった今、会議室で、幹部全員に頭を下げたんです。社長は辞めて、もとの研究員に戻りたいって」

だが、今日という日ばかりは、違ったようだ。確かに原田が言うように、まったく鷹栖に関係がないというわけではない。これが本当なら、関係は大有りだ。それこそ鷹栖に限らず、原田の主である筒井にだって、今後を揺るがす大事件だ。しかし、それにしたって内容が内容だけに、方城は聞き直した。

「白石社長が、研究員に戻る!?」

すぐには信じられないという顔つきで、原田に確認をとった。

「はい。ことがことだけに、俺たち秘書課の人間は、すぐに表に出されました。野上秘書も同じです。さすがに野上秘書は、自分まで社長の傍《そば》は離れられないって食い下がったんですけど、白石取締役が受け付けなかったんです。今はもっと詳しい話を、社長自身から聞かなきゃならないからって言って」

原田は、会議室から出るまでに見てきたことを、ありのまま方城に話す。

「野上先輩まで…か」

「はい。でも、それってようは、社長が辞任した場合、次期社長を誰にしたいのか、今のうちに候補があるなら、聞いておきたいって話ですよね？　白石社長は、社長であると同時に、わが社の筆頭株主です。ということは、白石社長の意向が今後を左右することは確かですもんね？」

いつになく興奮気味なのは、よほどひどいあしらいを受けたせいだろうか、原田に捲《ま》くし立てられると、方城も今だけは、押され気味だ。

「ま…、な。で、専務や常務は？」

方城は、少し原田の感情を落ち着ける意味もあって、話を続けながらも、彼を応接セットへ誘導した。そこは部屋の右奥、窓際のスペースに置かれた四人掛けのものだったが、ここから臨む東京タワーは絶景だ。日も暮れ始めた今の時間なら、座っているだけで、人の心も和ませる。

「鷹栖専務や筒井常務は、ただ呆然としてました。だから、変にはりきった白石取締役が、その場を仕切ってしまったんです」

原田は腰を落ち着けたこともあって、幾分口調がやわらいだ。

方城は原田の対面に腰を掛けると、スーツの内ポケットから煙草を取りだし、火をつける。一服してから、自分なりに原田の言い分に対して、返事をする。

「そうか。ま、白石取締役は、三年前に先代社長が亡くなられたとき、自分の父親であるワシントン支社長が、現状維持だったことに不満を抱いている方だ。遺言だったとはいえ、急遽一人息子の朱音さんが社長に就任したことにも、そもそも鷹栖専務がご自分より先に出世されたことにも、腹に一物を持っている。そこに持ってきて、この話だったものだから、今度こそは父親を本社の社長に！　ついでに自分の役職も上げて…っていう願望が、恥ずかしげもなく、全面に出たんだろう。ま、そんなことだから、社長の身内でありながら、取締役止まりなんだろうけどさ」

しかし、変に冷静に対応したことが癇に障《さわ》ったのか、原田の眉間にしわがよった。

「それはそうでしょうけど。でも、だとしても、さっきのあれは、あからさますぎる気がして、腹が立ちました。私たちはともかく、野上秘書まで退室させるなんて…。秘書だと思って、馬鹿にしてますよ。社長も、ちょっと心細そうだったし…。もう！　肝心なときに方城先輩がいないからいけないんですよ！」

話を蒸し返して怒るだけではなく、八つ当たりまでしてくる。ここまで腹を立てているところをみると、本当に取締役である白石克の対応が悪かったのだろうが、それにしたってなぜ俺に当たる？　と、方城は思った。

「俺に振るなよ、原田！　だいたい、秘書課の筆頭である野上先輩が追い出されてるのに、俺が太刀打《たちう》ちできるわけないだろう？」

「そんなことないですよ。方城先輩は、過激派専務の過激派秘書じゃないですか。いざってときの発言力なら、野上先輩の三倍はあるんですから！」

ここはガツンと言い返してやる。というつもりだったのに、やっぱり今日は倍返しにされる。

「発言力の意味が違うって、俺のは単に、攻撃的なだけだろう」

「そんなのわかってます。でも、たまにはガツンと言ってほしいじゃないですか！　特に白石取締役みたいに、秘書を小間使いだと思っているような方には！　普段は世話ばっかりかけてるくせして、肝心にときには、除け者にするなんて。どうせ一人じゃ何もできないくせして、舐めんなよ、馬鹿野郎って!!」

これでは埒が明かないと、方城も観念した。

『いや、そこまでは、俺でも言わないって…。こいつ、どっかで俺を勘違いしてないか？』

「ふんっ!!」

『原田。実はパンダみたいな奴だったんな。見た目はのほほんとしていても、熊は熊。一度怒ると手がつけられないって感じだ』

これ以上原田を宥《なだ》めようという努力はやめて、手にした煙草を口にした。

溜息代わりに、白煙を吐く。

「――ま、そんなに鼻息荒くするなって。白石取締役が、万が一にも暴走するようなことがあっても、彼程度なら筒井常務でも抑えられるよ。それでも無理なら、鷹栖専務が机の一つでも蹴飛ばして、片がつく。むしろ、万が一にも、そこで終わらなかったら、社長本人がキレるだけだ。だが、そうなったら、白石取締役は完全に墓穴を掘ることになる。何せ、社長を敵に回すってことは、社員全員を敵に回すってことだ。それぐらい、今のNASCITAは、白石朱音で回っている。彼を失いかけたときから、NASCITAには〝彼を失くしたくない〟という思いだけで、これまでになかった団結力が、生まれているからな」

ここは一つ現実に返って、克に怒るのは構わないが、白石への心配はいっさい無用だ。余計なお世話だと言って、終わらせる。

「方城先輩…」

これには納得したのか、原田もそれ以上は切り返してこない。方城は、灰が伸びた煙草を灰皿に落とすと、ギュッともみ消した。

『やっと黙ったか』

胸を撫で下ろしながら、ふいに暮れなずむ窓の外に視線を向けると、思い浮かんだ言葉を、独り言のように呟く。

「それにしても、辞意表明か。近いうちに来るとは思っていたが、それが今日だったとはな」

白石から切り出された、突然の辞意表明は、方城にとっても激震だった。だが、予期していなかったことか？　と問われれば、そういうことではない。遠からず近からずこのような事態が起こるだろうことは予想していた。それも確信にも近い予想が、少なからず立っていた。

『いや、今日…だからと、思うべきか』

なぜなら、白石朱音は、現在まだ三十五歳という若さにも関わらず、肺癌に冒され、昨年の秋には右の片肺を全摘出していた。

退院後には、自宅と社内の半々で仕事をこなしてはいたが、それでも週に一度は癌の再発防止治療を受けるために、病院に通っているような状態だ。それにも関わらず、今も尚、白石に突きつけられているのは、五年生存率25%という過酷な数字だ。治療を続けながらも五年生きられる可能性は、わずか四人に一人という残酷な現実だけだ。

それだけに、白石自身がある日を境に、納得のいく余生を選びたいと言ったところで、誰にも反対など、できるはずがなかった。これが、完全に会社からは撤退したい、すべての時間を、大切な者と過ごすことにあてたいと言ったところで、全員が笑顔で納得するしかない。

けれど、それでも白石は、社長は辞めたいとは言ったが、会社から退きたいとは言わなかった。

本人が幹部たちの前で口にしたように、元々居た研究開発部に席を戻したいと言っただけ、あまりに早く先代の社長が他界しなければ、今もなお勤めていただろう部署へ戻りたい、自分が本当に好きな仕事を、好きで選んだ仕事をしたいと願っただけで、これに異議を唱えられるものなど、幹部の中にだっていないだろう。たとえ株主総会で決議を取ったところで、これに関してだけは、誰もが納得するはずだ。

ただ、そうなった場合に、空くことになる社長の席をどうするか、いったい誰が継ぐことになるのか、という問題が、ことのほか大きいだけで、それさえなければ方城だって、こうは頭を抱えていない。

『そうでなくとも、退任することは考えていただろうに、その矢先の誘拐だもんな。しかも、犯人が元社員。犯行原因を作ったのも、わが社の社員となったら、気持ちのやり場もないよな。――――が、それでも今日は、黙っていてほしかった。その表明は、せめて来週の頭にしてほしかったな』

これが事実と受け入れながらも、気持ちのどこかでこんなことも、思わないでもない。が、それほど今の鷹栖にしても、他の幹部にしても、疲労はピークに達しているということだ。

特に今日は、朝から沈痛な趣で社内に待機、ゴールデンウィークも始まったばかりの土曜だというのに幹部は全員出勤、社長室に繋がる会議室にこもると、同グループ内の大学病院、東都大学医学部付属病院からの定期的な連絡が入るのを、溜息混じりに待ち続け、そして応対にあたっていた。もちろん、そんなことしていた理由はただ一つ、つい先ほどまで白石が、誘拐されていたからだ。それこそ、誘拐が発生した週の初めには、

〝社長を無事に返してほしくば、東都大学医学部付属病院の医師・黒河療治《くろかわりょうじ》は、わが子の命を救うために、腎臓と肝臓の移植手術をしろ。そして、そこで発生する医療費のすべてを、NASCITAが負担しろ。子供が無事に助かれば、社長は返す。警察に言えば、社長の命はないと思え〟

――と、いうような内容で脅迫されており、鷹栖をはじめとする幹部役員たちは、ただ呆然とさせられていた。

そんな要求があっていいのか？　と、声には出せない驚愕と悲鳴を上げ続けさせられていた。

だが、それもそうだろう。誘拐事件が発生したさい、多額の現金を請求されるだけなら、誰もが想像できる。なので、鷹栖たちも、何はなくとも社長の安全が第一、そのためにはどんな無茶な金額であっても、一度は要求に応じようと決めて、犯人からの連絡を待っていた。しかし、条件に出された子供の命を救えるかどうかは、自分たちがどうこうできる範囲のことではない。それは、犯人から指名された病院にしても、医師にしても、同様だ。ましてや、子供の病状が重く、そもそも手術そのものが困難であるならなおのこと、これればかりはどんな名医であっても診てみなければわからない、手術にしたってやってみなければ結果はわからないのが、現実なのだ。けれど、それでも病院側と指名された医師、白石の恋人でもある黒河は、犯人の要求を呑むと、子供を緊急患者として受け入れた。白石誘拐の話は、医大のほうでも必要最低限の者たちだけが知るという極秘事項として伏せられていたが、そんな中でも精一杯の治療にあたった。

それなのに、NASCITAの幹部たちは、自社の社長を人質に取られながらも、黙って見ていることしかできなかった。子供が病院に到着した後は、犯人との交渉さえ全部病院側に任せるしかなく、経過は病院側からの報告を待つのみとなって、その苛立《いらだ》ちとやるせなさは、計り知れないものになっていった。中でも鷹栖は、社長が不在となれば、もっとも重職に位置することもあって、今週はほとんど会社からも出られない状況に陥った。日々に起こるさまざまな事態の対応に追われ、また何が来ても困らないように構える姿は、他の幹部たちの比ではない、贔屓目《ひいきめ》無しに見ても、これだけは確かだろうと、方城も思っていた。

だからこそ、白石が無事に戻ってくると聞いた瞬間、方城だって歓喜した。拘束されていた白石も、これでゆっくり休めるだろうが、自分も鷹栖を休ませることができる。たとえ日曜の一日であっても、心から安堵した状態で、横にさせることができると、心底から感じたからだ。

『でも――――、せめて今夜ぐらいは、ホッとしたまま寝かせてやってくれよって思うのは、俺のわがままなんだろうな』

それなのに、こうして事態は、更に急転した。方城がほんの少し鷹栖のもとを離れ、会議室から専務室へと戻った間に、社長辞任の話は白石本人から切り出されていた。

『白石社長の身の上からしてみれば、こんなのただの贅沢《ぜいたく》で。鷹栖専務にしたって、きっと自分からは、それを今言うのかよ、勘弁しろよなんて思わない。現実を真摯《しんし》に受け止めるだけで、さてそれならどうしようかって、また寝ないで考えるだけだ』

方城は、一体どこに、誰に、このもやもやと湧き起こってくる気持ちをぶつけていいのかが、わからなくなってきた。白石が悪いわけではないのはわかっているが、鷹栖を一番に考える専務秘書としては、ごまかすことのできない憤りに、苛《さいな》まれていた。

『――――ってことは、俺がこんなことを危惧したところで、無駄な抵抗だ。むしろ、サイは投げられたと思うほうが、懸命だ。社長に辞意を表明された瞬間から、次の社長の座を巡って、戦いは起こる。たとえ最小限に抑えることはできても、この戦いだけは、回避は不可能だ』

方城も今だけは、イライラとしてくる自分を煙草で抑えるのが、精一杯だった。

『NASCITAには、社長になり得る人材が複数いる。頂点まで昇り詰めることを望んで勤めてきた者たちが、複数いる。だから、この頂上決戦は、こうしている間にも、すでに起り始めている』

とはいえ、どんなに抑えたところで、方城が全身から放つ苛立ちは、冷静さを取り戻した原田を、脅かすだけだった。

『うわ…、方城先輩の目つきが、凶悪だ。これじゃあ、今更聞けないな。実は先輩が消えた後に、鷹栖専務が辞表を出したんですけど、知ってたんですか？　なんて』

本来なら〝この話〟の真相だって知りたかったから、ここまで走ってきたというのに、そんな原田の口を閉ざし続けるのに、十分な威力があった。が、そんな重々しい空気を一掃するように、部屋の扉が開いたのは、このときだった。

「戻ったぞ。って、方城！　ここでは煙草は吸うなって言っただろう！」

部屋に入ってくるなり、声を荒げたのは、鷹栖だった。

「っ――――すいません！　失礼しました。うっかり…」

方城は慌てて煙草をもみ消すと、その場から勢いよく立ち上がる。

「ったく、しょうがないな。すぐに窓開けて、空気の入れ換えをしろ。少しは気を遣えよ、いつ誰が入ってくるか、わからないのに」

鷹栖は手にしていたファイルをパタパタと振り、嫌悪も露《あらわ》だ。

「はい！」

方城は言われるまま窓へ向うと、忙しく開けていった。

「あっ、俺も！」

原田も釣られて立ち上がると、一緒に窓を開けながら、方城に向けて耳打ちした。

「せっ、先輩？　いつからここは、禁煙になったんですか？　鷹栖専務って、ヘビースモーカーで有名な方じゃありませんでしたっけ？」

「社長が肺の手術をするってわかったときに、やめたんだよ。以来、ここは禁煙だ。俺としたことが、失態だった」

しかし、返ってきた説明に手を止めると、原田は思わず目を見開いた。

「――――え？」

「そういう人なんだよ、基本的には」

方城の口元は、わずかだが、緩《ゆる》んでいる。

「そういう人…、ですか」

「ああ。よっぽど傍にいないと、見えてこないけどな」

そう言って笑う顔は、見たこともないぐらい、自慢気だ。

『そうか。いつ誰が入ってくるかわからないって、社長のことなんだ』

原田は窓を開けながら、真っ直ぐにデスクへ向かった鷹栖を、チラリと見た。鷹栖は休む間もなく机の上を整理し始め、落としていたパソコンの電源を立ち上げている。

『辞表のことといい、煙草のことといい、もしかして俺、今まで専務のことを誤解してたのかな？　方城先輩みたいに良く見る機会もないから、わかってなかっただけ？』

「どうした？　原田」

今度はその視線に気付いた方城が問う。

「いえ、専務って、すごくいい人なんだなと思って。実は、さっきもちょっと、本当は可愛い人なのかな？　思ったばっかりだったんですけど――」

「は？　可愛い？」

しかし、予想もしなかった返事に、真顔で戸惑う。

「あ、はい。実は先ほど、今回の誘拐事件の責任を取るって言って、辞表を出されたんですが、モノの見事に社長から突っ返されたんです。けど、そのときの専務が…」

戸惑った後には一瞬にして形相が変わり、原田は全身をビクリとさせた。

「あっ！　すいません。やっぱり先輩、知らなかったんですね。専務が辞表を用意されていたことを」

今更謝られたところで、どうにもならない。方城の両腕は、迷うことなく、原田の胸倉を摑み上げていた。

『当ったり前だ、馬鹿野郎!!　知ってたら、誰が、そんなことさせるか！　ふざけんじゃねぇぞ、何が辞表だ!!』

『うわっ、堪えてください、先輩っ。苦しいっ』

声に出さなかったのは、微かに理性が残っていたからで、方城はその分怒りを原田に向けると、摑んだ胸倉をグイグイと締め上げた。

「方城！　いつまで窓を開けとく気だ⁉　もういい。冷えてきたから、閉めろよ」

それでも、鶴の一声ならぬ鷹の一声で原田を放したのは、これも身体に染み付いた習慣だ。

「っ、あ、はい」

方城は落ち着いた声で返事をすると、今開けたばかりの窓を、端から閉めていった。

『ったく！　何が辞表だ、俺に一言もなく。今夜は、どうにかして、寝かせてやろうと思ったけど、吊るし上げ決定だな。原田じゃないが怒り沸騰だ。秘書をなんだと思ってるんだ、秘書を』

多少手荒いのは、見逃してくれ。そう言わんばかりにピシャリと閉めると、しっかり鍵もかけていく。

『大体、未だにわかってないよな。いずれ鷹栖愛という男が、NASCITAのトップになることを望んでいるのは、本人だけじゃない。むしろ、俺たちタカ派のほうが、熱烈に望んでいるんだ。勝手気ままでバラバラだった過激派たちが、今のように一つの派閥にまとまったのは、鷹栖愛という存在があったからだ。NASCITAの鷹、そういう揺るぎ無い象徴が誕生したからこそだっていうのに、それを――――、ったく!!』

完全に陽が落ちた窓の外には、ちょうどライトアップし始めた東京タワーが、美しく浮かび上がっている。

『こうなったら、何がなんでも、専務には次期社長になってもらうぞ。二度と勝手に辞表なんて、出させないからな』

ガラス越しに映る鷹栖の姿を見つめると、方城は決意も新たにした。

「あ、それより原田。お前、ここにいていいのか？ 筒井も部屋に戻ってるぞ。今夜のスケジュール確認をしてやらないと、女がバッティングしかねないんじゃないのか？」

鷹栖は、そんな方城の苛立ちに気付く様子も無く、原田に向かって声をかける。

「あ!! はい、わかりました！ って、変なこと言わないでくださいよ、専務。そんな、女性のバッティングだなんて――――、縁起でもない」

よっぽど見る目が変わったのか、原田の返事が、妙に人懐っこい。これまでなら「はい。すみません」で逃げていっただろうに、今夜は会話になっている。

「冗談が冗談にならないところが、笑えないな。何、筒井の奴、まだ何人も愛人を囲っていたのか。若いな〜。気だけじゃなくて、下半身も」

鷹栖は特に気にしていないようだが、話の途中でクスッと笑う。

「かっ、囲ってなんかいませんよ！ ちょっとおモテになるだけです」

方城は、その笑みを見るなり、原田の目が輝いたのを、見逃さなかった。

「おモテにねぇ。大した色男だな、あの年で。ま、なんにしても早く行ってやれよ。きっと今頃探してるぞ。原田、今夜の相手はだれだっけ〜、ってさ」

「――――もう、失礼しました!!」

そう言って部屋を出て行く原田の顔には、満面の笑み。方城は、その後姿に口元を緩めながらも、内心では舌打ちが出た。

『やっぱり俺が、わがままなのか？』

本来の鷹栖をもっと他人に理解してほしいという気持ち、自分だけが知っているという優越感、人は本当にわがままだ。見せたいものと、隠しておきたいものは、大概同じということが多い。

なんてことを考えていると、鷹栖の視線が、窓際に立っていた、方城へ向けられた。

「はっ。おかしい奴。あいつもそろそろ三十近いっていうのに、入社したての頃から、あんまり代わり映えがしないよな。っていうか、女の管理までしなきゃならない秘書っていうのも、どうかと思うがな」

自分を棚に上げて、鷹栖が言った。

方城からすれば、原田も鷹栖も、その見た目の若さには、大差はない。怒るのがわかっているので口にはしないが、特に鷹栖の美貌は、若さと直結する。どんなに過酷なスケジュールを設定しようが、衰えを見せない瑞々《みずみず》しい肌は、自然に年齢を下げて見せる。ましてや美少年が、そのまま美青年に育ったとなれば、年配者たちが鷹栖に向ける「若造が」という嫌味は、そのほとんどが妬みからだ。自分にはないものを有り余るほど持った鷹栖に対しての僻《ひが》み、その一言に尽きる。これを笑って受け流せるには、よほどの人の良さか、自身への自信、もしくは器の大きさか、鷹栖に心酔してしまうか、どれか一つぐらいは必要だ。

「筒井常務は、隠し事ができないタイプですからね。全部オープンにしてしまったほうが、原田にスケジュールを組んで貰いやすいんでしょう」

方城は、五歳も下の鷹栖の秘書に着いたとき、自分への自信と器の大きさで、彼の魅力を受け入れた。が、そう思っていたのは単なる年上の男としてのプライドからで、実は魅力に参った口だった、才能に屈した口だったと気付いたのは、秘書となって三ヶ月も経たないうちだった。

「それより、専務。先ほど辞表を出されたそうですね？　社長に却下されたとはいえ、どういうことですか？　私は何も聞いておりませんが」

あれから四年と七ヶ月――――方城は社内でもっとも鷹栖を理解しているのは、この俺だと自負していた。取締役になり、すぐに専務まで駆け上った鷹栖を、陰で支えてきたのもこの俺だという自信もあった。ただ、だからこそ、この場でぶつけた問いかけは不満に満ちていて、これまでには見せたことがないぐらい、語尾もきついものにした。

「お前、自分が辞表を出すとして、いちいち原田に許可を取るか？」

けれど、鷹栖には、それが何か？　と返される。

「え？」

「それと同じことだろう。俺が許可を必要とするのは、俺より上にいる人間からだけだ。ましてや言ったが最後、阻止されるのがわかってる相手に、いちいち相談するほど、俺は馬鹿じゃない。違うか？」

「――――っ」

むしろ、言わなくて当然だろうという態度。

「もちろん、辞表が受理されていれば、最初に謝ることぐらいはしたよ。これまでさんざん世話をやかせたのに、社長秘書にしてやれなくて、ごめんなって」

なのに、鷹栖は方城に「ふざけるな」とは言わせてくれない。「俺をなんだと思ってるんだ」とも、怒らせてくれない。口調は相変わらずだが、ばつの悪そうな顔で「ごめんな」と漏らす姿は、決して他所では見せないものだ。長年使えた方城にしか、見せない姿だ。

『くそっ。こういう時だけ、素直なんだよな。これだから、始末に悪いんだ』

方城は、吐くに吐けない溜息を呑み込むと、気持ちを切り替え、鷹栖に言った。

「――――でも、辞表は受理されなかった。それどころか、社長のほうが、辞意表明した。ならば、あなたがこれからやることは唯一つだ。どうか私を、社長秘書にしてください」

「全力は尽くすよ」

鷹栖はどこかホッとしたような、微笑を浮かべた。

「なら、今夜も徹夜になるかもしれませんよ。動き出すなら、早いほうがいい」

方城は釣られて笑うと、視線を応接セットのほうへと向けた。

「寝られないのは、お互い様だ。望むところだ」

鷹栖が席を離れて、ソファへ向かう。

方城は鷹栖が着席するのを待ってから、自分も対面に腰掛けた。

「では、結論からお聞きしてもいいですか？　社長は今後のことに関して、どこまで胸のうちを明かしてくれたんですか？　具体的な人選についてのお話は、されましたか？」

鷹栖を筆頭とするＮＡＳＣＩＴＡのタカ派の戦いは、方城の問いかけから始まった。

鷹栖が方城に詳しい会議内容を説明し始めたのは、東京タワーのライトが一際輝いて見える、午後七時ごろだった。方城が上着の内ポケットから使い込んだ手帳を構えると、鷹栖は耳にしてきたことを、簡単に説明した。

「まずは、臨時総会の案内状を製作、書面で株主たちには辞意を表明すると同時に、新体制を作る上での選任会議を開くことを報告。そして、候補の承認が取れたところで、四週間の選挙期間を設け、その後に再び総会を開いて決議、決定。新社長の就任式は六月上旬。社長はその日から、相談役兼会長という肩書きになるが、ご自身は元の職場に戻られる。経営からは退く」

「かなり具体的に、決められてますね。でも、次期社長そのものは、選挙ですか。随分正統派なやり方だな」

方城はメモを取りながら、素直に驚きを表した。きっと今頃、他の幹部たちも、秘書を相手に同じ話をしているのだろうが、この驚きは決して自分だけではないだろうと思う。

「ああ。社長いわく、自分が一任してしまうことも不可能ではないが、やはりトップは社員すべてが納得した上で、選ばれるのが好ましいだろうってことだ。今の社長が就任したときには、先代の遺言が最優先された。幹部の誰を社長に持ち上げたところで、社内が分裂しかねないと考えたんだろうが、おかげで経営に関しては、ずぶの素人っていう社長が誕生する派目になった。さすがに今回は、そういうわけにはいかないからな」

「でも、あれはあれで、功を奏したと思いますよ。白石社長が何もわからない研究開発員の出だったからこそ、幹部どころか秘書までが一丸となって、支えることに徹しました。白石社長もそれに応えて、十分な努力をしてくださいましたし、先代の目論見《もくろみ》は見事に当たったと思います」

会話は、止まることなく、交わされる。

「まあな。けど、必死に作り上げたはずの体制は、こんなに早く崩れることになった。NASCITAはまた新たなトップを掲げ、それに準じた体制作りを求められることになった。社長は、今回の交代劇を、最高責任者最後の務めとして、円滑に終わらせることを、切望していた。と同時に今一度、これからのNASCITAが向かうべき方向性を、明確にしたいと言っていた」

「方向性？」

「選任される候補は、現段階でほぼ確定している。そして、その中から誰がトップに立つかで、この方向性は決まるといっても過言ではないからな」

鷹栖はふと苦笑いを浮かべると、スラリと伸びた足を組んだ。

「で、その候補者とは？」

固唾《かたず》を呑んで、方城が問うと、鷹栖は視線を逸らした。

「一人目は、本社勤務歴とこれまでの実績を優遇して、まずは筒井。彼がトップに立った場合、空いた常務の席に誰かが上がってくるだけで、体制も方向性もそう今とは変わらないだろう。現状維持を望むなら、まず筒井を押すだろうな」

視線の先には、特に何があるでもない。とすれば、鷹栖が視線を向けたのは、ここでは見ることのできない、候補者たちの姿だろうか？

方城は、そんなことを考えながら、手帳に筒井の名を綴った。

「二人目は、ワシントン支社を預かる、白石支社長。家督主義の完全な保守派だ。だから、彼がトップに立てば、今よりもっとNASCITAは〝安全第一〟を掲げるものになる。それこそ危険なことは一切しない。何につけても、生ぬるいだけの組織に成り下がる。ついでに言うなら、俺は間違いなくワシントンかメキシコあたりに飛ばされる。どう足掻いても支社長止まりで、いずれ本社のトップは、息子の白石克にでも移行するだろう」

養子なので血は繋がらないが、それでも先代社長の弟であり、白石の叔父でもある、ワシントン支社長の名を綴った。

「それだけは、避けたい気がしますが…。で、三人目は？」

期待を込めて、三人目を綴る用意をする。

「俺だ。タカ派のトップと言われる鷹栖愛。俺がトップに立てば、間違いなく、今後のNASCITAは実力主義の年功序列破壊型になる。会社の方針や方向性が、今の社長と大きく変わることはないと思うが、そうとう手荒いやり方になる。手始めに営業の幹部連中から叩き直して、一から数字を見直しさせることになるな。これだから、嫌われるんだろうが」

「――――では、候補者は三人ということで？」

鷹栖の名を綴った方城の顔には、はっきりとわかる嬉笑が浮かぶ。

「いや、実はあと一人いる」

「あと一人？」

だが、ここで方城は、顔を上げた。方城には、この三名以外に、思い浮かぶ名前がない。

「フリーの最高経営責任者《CEO》としては名の知られた、義岡力《よしおかちから》という男だ」

「CEO!! 社長は外からCEOを入れると言うんですか？ このNASCITAに」

想定外どころか、考えたこともなかった人選に、思わず声が裏返りそうになる。

鷹栖は、滅多に見られない方城の動揺を目にすると、頬杖をつきながらニヤリと笑った。

「そう。彼が手がけた企業は、日米合わせて数社に上るが、いずれも文句のつけようのない仕事ぶりなのは、俺も知っている。どんなジャンルの企業に行っても、確実に業績を上げている経営手腕は、神がかり的だ。ただし、これは社長から、NASCITAの株を持つ全社員に対しての警告だ。よそ者に会社を任せたくなければ、自分たちできちんとした社長を選べっていう意味で、選ぶ側にも、自分が持っている投票権への責任を意識しろっていう、いわば脅しだ」

「脅しって…」

だが、どんなに口元が微笑んでも、鷹栖の目に笑みはなかった。

「なんせ、社長はわが社の株の30％を保有する、筆頭株主だ。だが、今回の選挙に対しては、自分の持ち株数、イコール投票数はすべて、このCEOに入れると宣言してきた。ってことは、残りの70％の株数から、俺たち候補者は50％以上の投票を得なければ、社長にはなれない。総会の役員決議には、発行総数の過半数を取らなきゃならないのに、万が一にも社長以外の株主のうちの20％が、いっそ内部分裂を避ける意味でも、CEOのほうがいいんじゃないかって判断をすれ

ば、俺たち三人は全員落選、社長の座を赤の他人に取られるってことさ」

あるのは困難に立ち向かうことを余儀なくされた苦悩の目、今にも「どうしろって言うんだよ」と、文句の一つも言いたげな、憤慨に満ちた目だ。

「――――は。だとしても、70％中の50％は、随分…ですよ」

方城は、鷹栖の話を聞きながら書きなぐった円グラフの割合に、失笑した。

株式総会で決議を取る場合、一人一票ではなく、一株一票の計算で投票が行われる。だからこそ、大株主と呼ばれる者たちの意向が、そのまま会社に反映することになるのだが、ここまで票が割れてしまうことが予想されると、後者のうちの誰かと誰かが組まなければ、何度投票したところで、社長が決まらないという可能性だってある。

「本当、どんな無茶だよな。けど、そこまでの支持率を取って決まる社長なら、これ以上の社長はいない。社員にも社外の株主にも認められた、最高のトップだっていうのが、社長の言い分だ。ようは、いたし方の無い事情で退くとはいえ、自分に代わって立つなら、それぐらいの支持は取れってことだ。そうでなければ、今のＮＡＳＣＩＴＡは、治められない。この三年間で作り上げた白石朱音の帝国は、そう簡単には、受け継げないって言いたいんだろうが――――、それにしたって恐れいるよ。決死の覚悟をした人間っていうのは、とんでもないことを思いつく。やることなすこと、社長にはビックリされられることばかりだ」

数字は嘘をつかないとは、よく言ったものだが、方城には、それにしたって…、という感想しか出てこない。せめて、白石の持つ30％を無効にしてほしい。外からＣＥＯを迎えるという逃げ道を、株主たちに与えるのは止めてほしいと、思わずにはいられない。

「白石朱音の帝国…ですか。まあ、そういうふうに作り上げたのは、私たちですから、仕方ないんでしょうが。それにしたって、70％中の50％を得るって、途方も無い数字ですよ。この社長選、これまでにはないほど、票集めが難しい戦いになりますね」

方城は、先ほど一度は抑えた憤りが、どこからともなく、湧き起こってくるのが、自分でもわかった。

「ああ。株主総数、二千五百二十三名。発行済株式総数、千二百七十七万五千七百一株。このうち、30％が白石朱音の持ち株だ。そして残りの70％のうち、10％がワシントン支社長。20％が彼を押すハト派。10％が筒井をはじめとする中立派の社員で、俺と俺を押すタカ派の持ち株数は、筒井と同じ10％だ」

「あとは、一般投資家の20％ってことになりますが、こうなると一番有利なのは、支社長ということになりますね」

それどころか胸中とはいえ、方城が「どうしろっていうんだ、白石朱音！」と叫んでしまったのは、入社以来初めてかもしれない。

「――――そう。だから、少なくとも鷹栖がトップに立とうと思ったら、筒井が取るだろう票と、一般投資家の票のすべて。そして、最低でもハト派の10％を寝返らせなければ、なし得ないってことだけど、これってハードルが高すぎたかな？」

すると、そんな方城の心の叫びが聞こえたのか、扉を開くと同時に、白石が現れた。

『げっ、白石社長！　あれ？　一人？　珍しいな…、野上先輩が付いていないなんて』

方城は慌てて手にした手帳を握り締めると、席から立ち上がる。

鷹栖は相変わらず唖然としたまま、身を固めている。自分のほうに、歩み寄ってくる白石を、座ったままの姿勢で、見上げているだけだ。

「でも、これぐらいクリアしてもらわなかったら、歴史と伝統とあるＮＡＳＣＩＴＡのトップに、白石家の人間でもない鷹栖愛が立つことは、残念ながら社員が認めない。たとえ私が、後任は鷹栖愛だと強行就任させたところで、勤続十年たらずの過去最年少の社長なんて、必ず逆らう者が現れる。いずれは内部分裂を引き起こすんだよ」

白石は鷹栖の傍まで来ると、席に着くこともなく、鷹栖を見下ろした。

「────…、社長？」

鷹栖が眉を顰《ひそ》めると、微笑を浮かべて、ソファの肘掛に、軽く腰をかける。

「今、筒井がね、自分と自分に集まる票を全部持って、鷹栖の応援に付くって、私のところに言いに来た。もともと自分が専務にはならず、常務の位置に留まったのは、こういう日のためだから、ここは心置きなく、応援する側に回りたいって」

「っ？」

言葉尻にニコリと笑われ、鷹栖は動揺を露にした。

「まだ、わからないのか？　さっき会議室で、〝あとで何度でも、お前が必要だって言ってやる〟って、言っただろう。だから、こうして伝えに来てるのに、よっぽど私は信用無いのか？」

『いや、こんなの、信用以前の問題だろう？　誰が、はいそうですかって、信じられるんだよ。そんな、社長が…、社長が本気で俺を――なんて』

返す言葉も出ないまま、自分を見下ろす白石を、ジッと見続けた。

白石も、視線を外すこともなく、鷹栖を見つめ続けている。

「ねぇ、鷹栖。実はね、筒井が打ち明けてくれたんだけど、父である先代社長は、鷹栖愛って人材がNASCITAに入ってきたときから、その経営手腕と才能に目をつけていたんだって。次期社長も鷹栖愛って決めていて、本当なら、もっと自分が手塩にかけて育てていきたかった。少なくとも、あと十年は自分の下で育てて、誰も文句が言えない状態で、後を継がせたいって、考えてんだって」

「!!」

「でも、突然倒れて、それが叶わなくなった。だから、一時息子の私に会社を預けた。私を社長として担ぎ上げ、鷹栖にそれを支えさせることで、自分が育て切れなかった分を、補わせようと企んだんだって。どうしてだか、わかる？」

「――さあ」

夢でも見ているのかと思うような質問に、鷹栖はそうとしか答えられない。

「それは、私がどこまでも、経営者の器ではないから。ううん、父が、ちゃんと私を愛していたから。だから、私の本当にやりたいことが研究開発であって、経営じゃない。いずれは私が、元の仕事に戻りたい。帰りたいって言い出すことまで予想がついていたから、逆に安心して中継ぎの社長に就けたんだって。十年も我慢してくれれば、鷹栖も立派に育っているだろうし。社長という経験をすることで、私にも必ずプラスになっていることがあるだろうから、それで……」

しかし、ここに来て、白石は初めて、鷹栖から視線を逸《そ》らした。

「ただ、その交代時期が思いがけずに早くなったから、ここだけは父も想定外だったかもしれない。まさか、私がこんなことになるとは思ってなかっただろうから、ここだけはね」

白石の視線の先には、何もない。あるとすれば皮肉な運命、どこまで続いているのかわからない、未来だろうか？

「――白石社長」

鷹栖はその視線を追いかけるようにして、身をずらした。

「でも、だからこそ鷹栖には、ここで力を示してもらわないと困るんだ。若すぎるというハンデを圧倒的な力に変えて、社員の心を摑んでもらわないと、いくら父や私の望みであっても、NASCITAという会社を預けることができないんだ。回りくどいやり方で申し訳ないと思うけど、この社長選、なんとしても鷹栖には全力で勝ち取ってほしい。自分の力で残りの必要な票をかき集めて、自らの手でNASCITAのトップの座を、その王冠を摑んでほしいんだ」

方城は、白石の話から、一度書いた円グラフに修正を入れた。

一般投資家とハト派の懐柔。それは、口で言うほど、簡単なものではない。が、それでも筒井と支社長に組まれること、もしくは、筒井に白石側《CEO》へ付かれることを考えれば、最悪の事態は回避できる。勝算はまだある！　という希望が見えてくる。

「私は、現NASCITAの社長としては、公に応援することはしない。投票に関しても、一度言ったことだから、ここは曲げない。けど、私が後任に鷹栖を望んでいるという意思表示だけは、誰にでもわかるようにする。これから一ヶ月の間、鷹栖の秘書には野上を付けることで示すから、どうか協力し合って、勝ち昇ってほしいんだ」

しかし、さすがにここまで話が進むと、方城は手帳を閉じて、二人の話に割り込んだ。

「え、野上先輩を？　でも、それって、まずくないんですか？　単なる意思表示というよりは、明確な応援になりませんか？」

「どうして？　野上は私の秘書であると同時に、NASCITAの主力株主の一人だ。私のもとを離れたときに、誰に付くかは、個人の自由だ。っていう建前なら、問題はなんだろう」

「はぁ…、でも、じゃあ、野上先輩が専務の秘書になった場合、私は？　私はどうなるんですか、この場合」

勝算の確立が上がるのは嬉しいが、こうなるとそれだけでは済まないのが、方城の立場だ。

「方城？　方城は野上の代わりに、私の秘書を一ヶ月勤めればいいんじゃない。辞めていく私には、大した仕事はないと思うけど、その分、いずれ社長秘書になったときに困らないよう、仕事の内容を教えてあげるから」

白石は、悪びれた顔もせずに、サラリと言った。

「それって、このさいだから、社長秘書としての研修をしとけと？」

「ま、そんなところかな。ただし、方城が鷹栖の秘書であると同時に、タカ派の参謀幹部だってことはわかっている。鷹栖の選挙活動に不可欠な人材だってことも、十分分承知しているから、空いている時間は全部活動時間にあてて構わないよ。むしろ、ここは開き直って、鷹栖の世話は野上に任せて、自分は派閥をまとめ、選挙運動に集中したら？　そのほうが一石二鳥だろう？」

笑顔を絶やすことのない白石に、方城は微苦笑しか浮かばない。

「それは、そういうやり方もあるかもしれませんが、でも、なんか上手く丸め込まれてる気がしますが」

「長いものには巻かれろ。出世の必須条件だよ、方城」

しかも、ここまであっけらかんとして言われてしまえば、従うしかない。ここで、何がなんでも秘書は私だと主張するほど、方城も馬鹿ではない。

『やっぱり、うまく丸め込まれてるのか。でも、今回ばかりは仕方がないか？　専務を社長に伸し上げるためには、自分の立場がどうこう言ってる場合じゃない。野上先輩なら、ハト派の社員からの人望も厚いし、社長がバックに付いてることを示すのに、これほど適任な人はいない。その上で、筒井常務が味方になってくれるなら、過半数の票を集めるのも、夢じゃない』

手帳を握り締めた手に力を込めると、「わかりました」と言って、頷《うなず》いてみせる。

白石は、方城を納得させると、再びその視線を鷹栖へと向ける。

「やってくれるよね、鷹栖」

「それは、言われなくてもやりますよ。もともとそのつもりでしたから」

鷹栖は未だに動揺を抱えているのか、それとも白石の話に対して半信半疑なのか、方城のような居直りは見せない。

「なら、期待してるよ。どうか私の引退後には、心置きなく研究開発に勤《いそ》しませてくれよ。戻ってはみたものの、予算を引き下げられたなんて結果だけは、ご免だからね」

『――そうか』

けれど、最後に漏らした白石の真意に触れると、鷹栖はすべてを納得したような顔をして席を立った。

「なら、今日のところはこれで。あとで改めて、野上に連絡させるから」

「はい」

扉に向かった白石に向けて、力強く返事もした。

その様子に方城は、いけるかもしれない、いや、いくしかないと、社長選への決意を新たに、部屋を出ていく白石を見送った。

「結局、相思相愛なんですかね？　社長と専務って」

ただ、鷹栖のほうへ視線を戻した方城の口調は、どこか嫉妬めいていた。

「は？」

「いえ、なんでもありません」

本気で意味がわからないという顔した鷹栖に、方城は愚問だったと、すぐに反省はしたが、それでも、原田にしても、白石にしても、個人的なやきもちをやいている場合ではない。この人の良さは俺しか、俺たちタカ派しか知らなくていいのに――などとは、ほんのわずかであっても、今は思うときではない。方城は、これから一ヶ月が勝負だ、鷹栖にとっては待ちに待ったNASCITAという国の天下取りだと再確認すると、白石に感じていた憤慨をかき消す勢いで込み上げてくる高揚感から、鷹栖に向かって言い放った。

「とにかく、こうなったら、何が何でも打倒支社長ですよ。事実上一騎打ちですから、負けられませんよ。専務には、名実ともにNASCITAの鷹になってもらいますからね！」

「ああ」

不適な笑みと自信を携《たずさ》えた主に心強さを覚えると、一度は閉じた手帳を再び開いた。

『そう、何がなんでもなってもらうぞ、NASCITAの鷹に。このNASCITAに君臨する、若き王に』

二人はそれから三十分ほど、打ち合わせをした。

だが、これから野上が加担してくることを考えた場合、ここで先走りすぎても仕方がないだろう。場合によっては、足並みが揃わなくなるだけだろうという結論に達すると、今夜はここまでと、退社を決めた。これからの激務、戦いに備えて、今夜ぐらいはゆっくり休もうと、九時前には家路を辿った。

3

これから勝負というときだけに、方城と距離を作るのはいささか不安だが、それでも鷹栖にとって、いっときとはいえ、秘書としての野上耀一を手に入れられたことは、幸運以外の何物でもなかった。苦しい状況下での選挙戦にはなるが、おかげで社長の椅子に一歩でも近づいた、多少なりにも希望が出てきたと言っても、過言ではないものがあった。

何せ野上は、現社長・白石の秘書ではあるが、それ以前から、白石の父である先代社長の秘書を長くに渡って務めていた男だった。実際平成に入ってからのNASCITAとその代表をもっとも近くで見ており、またサポートしてきた男で、鷹栖自身が彼に寄せる基本的な信頼も、とても大きなものだ。しかも、方城のような鷹栖支持のタカ派たちとの折り合いもいいことから、これからいかにして社長の座へ駆け昇るか、NASCITAという国の王冠を手に入れるかという鷹栖にとっては、もってこいの人材、軍師にもなりえる逸材なのが、秘書・野上だったのだ。

『野上、野上…か』

だが、そんな男がまさかこんな形で、白石からの好意、激励と言える手配で、手の内に入るとは思ってもいなかったので、鷹栖は自宅に戻るといつになく浮き足立った。

疲労困憊していた一週間からの解放感も手伝い、ラフな姿に着替えると、普段は外でしか飲まない酒も、あえてリビングルームに用意した。

大きすぎるテーブル上には、リビングボードの飾りになっていた秘蔵のスコッチが、ボトルごと置かれた。洒落たバカラのロックグラスには、クラッシュ氷が入れられ、ツーフィンガーほどのスコッチが、心地よい音を立てて注がれる。テーブル上に、酒のつまみらしいものは特にない。あるのは、いつ電話やメールが入るかわからない、携帯電話だけだ。

『白石社長は、やることなすこと突飛な方だが、まさか俺に重臣中の重臣を寄越すとは、考えたこともなかったな。そもそも俺を社長にしたいんだって言ってきた事態にも驚いたが…。それにしたって、中立に立つと言いながら、このあからさまな援護はすごい。自分の叔父である支社長と、真っ向から勝負を挑むことになるっていうのに、少しの躊躇《ちゅうちょ》もないところが、顔に似合わず図太い神経だ。見た目でごまかされがちだが、こういう大胆不敵さというか、自分に逆らえるものなら逆らってみろというワンマンぶりは、先代の社長とそっくりで…。やっぱり、なんだかんだいっても、親子なんだな。たとえ、生前の親子仲が、良くなかったとしても』

鷹栖はグラスに注いだスコッチを口に含むと、その芳醇な香りと味を堪能しながら、今回起こった社長交代について、思いを巡らせた。ソファに腰掛けるのではなく、敷かれたラグの上に直接座り、背中をソファに預けると、立てた両膝の上に、グラスを抱えた両手を軽く置いた。

『でもま、社長が俺に加担してくれる理由そのものは明確だから、安心か。先代や筒井がどうこうとは言ってたけど、社長自身が俺を推す理由は、ただ一つだ。研究開発費だけは惜しまないっていう方針が、同じ。だから、それを惜しむどころか、日ごろから削減したいと発言している支社長にだけは、絶対にトップは譲れない。社長が誰より研究開発に力を入れてきた人だからこそ、ここだけは譲りたくないんだ』

考え込むうちに一口、また一口と、口に運んでは飲み込んでいく。

『ってなったら、白石社長からの後押しは、絶対だ。ここに裏切りはないと思っていい。たとえこの先支社長が、社長の支持や本当の中立を求めるために、方針を変えてきたとしても、彼が昔から研究開発という分野を軽んじているのは、周知のことだ。どんなに考えを改めるといったところで、彼の利益至上主義という柱が変わらない以上、俺より研究開発費の予算を大きく取るなんてことは、あり得ないからな』

琥珀色の美酒は、その量とともに、鷹栖の頬をほんのりと紅くする。鼓動を早め、身体を芯から熱くし咽喉《のど》を渇かせて、鷹栖はそれを潤すために、また一口と極上な美酒を口にした。

『ただ、どんなに社長が後ろ盾についたところで、経営者一族の縁者でもなければ、勤続二十年、三十年なんていう実績もない俺には、この戦いに確実な勝算はない。どんなに短い期間で業績を上げてきたとしても、それだけではNASCITAのトップの座は、得られない』

そうするうちに、室内の静けさが気になってか、観るわけでもないテレビのリモコンを取った。大型画面に映し出されたのは、ミステリーだかサスペンスだかの二時間ドラマ、内容が医療関係ものらしいことだけは、画面が映った瞬間にわかった。

鷹栖は、一瞬チャンネルを替えようか否か迷ったが、見知った役者も出ていたので、一度リモコンを手放し、ここで落ち着けた。

『NASCITAは、医大を中心として医療グループ、東都グループの中でも、歴史と伝統のある会社の一つだ。支社長やそのブレーンに限らず、保守派、ハト派といえる社員は山ほどいる。

むしろ、俺のような過激派だのタカ派だのと呼ばれる者以外は、全員保守派と呼んでもいいぐらいだろう。今がよければ、あえて改革を望まないのは、人の心理だからな――』

頭では、まったく別なことを考えていたが、ドラマの台詞だけは、自然と耳に入る。

『けど、だからといって、医療関係者が、現状で満足するなんてことは、ありえない。常に進化していくことが求められている世界で、その研究開発を拡大するならいざ知らず、縮小するなんてことだけは、絶対にしていいことじゃない』

特にドラマの背景が病院になると、その視線は条件反射のように、小道具を捕らえる。

『金がかかるなら、稼げばいい。今よりもっと売れるようにすればいい。ましてや、同じ機能を持った品物があるなら、他社より確実にNASCITAのものを選ばせればいいだけで、何も特許品を作ることだけが、NASCITAの仕事じゃない。現場に携わる者たちが、本当にほしがるものを提供することこそが、NASCITAの仕事だ』

大型画面だけに、かなりはっきりと見える。

あの機材は他社のものだ、あの機材はうちものだと、そんなことばかりに目がいく。

それどころか、続けざまに他社の機材が目に付くと、ついムッとして、グラスを口に運ぶペースが一気に速くなった。

鷹栖は一杯目のスコッチが空になると、二杯目を注ぐついでに、チャンネルを替えた。

『それに、うちが他社に比べて研究開発費がかかっているのは、それだけ多くの現場からデータを集め、テストにテストを重ねて、商品化をしているからだ。場合によっては、まだまだ限られた生産台数しか作れないような大型の機器にだって、同じだけの手間隙をかけているし。ようは、下手な鉄砲を数撃つのではなく、撃てば確実に当たるものを、責任を持って作り、そして市場に流しているからこそのコストだ』

それからしばらくは、見ても腹が立たないような、お笑い系の番組を映した。

グラスを手にしたまま、口を付けることもなく、ぼんやりと考え込んだ。

『故障がなく、狂いがないのは、臨床工学の基本だが、それを誠実に確実にこなしていくには、開発段階での慎重さと時間、それに見合う経費がかかるのは当然のことだ。支社長の言う、経費を削減すれば、純利益が上がるというのは数字だけの問題で、NASCITAが今後も、確かで安全なものを作り続けることを踏まえたら、かかりすぎる経費を抑えることより、現存している商品の売り上げをいかに伸ばすかという検討をするほうが先だ』

だが、先ほどの番組が気になってか、再びリモコンを手にすると、チャンネルを戻す。

『朱雀監査役が最期に見せてくれたのは、その道標だ。いいものを作っているという自信と実績があるのだから、もっとそれを世間に示していいということだ』

役者が首からかけていた聴診器を見つめ、ようやく二杯目を注いだグラスに、口を付ける。

『医療関係者だけにではなく、もっと世間一般に――――』

そうして、ストーリーなどまったくわからなかったドラマが終わる頃には、鷹栖は手酌でグラスに注いだスコッチを三杯目ほど飲み干した。すでに二杯目の途中で氷が溶けてしまい、三杯目のグラスを満たしていたのはストレートのスコッチだったこともあり、いい具合に酔いも回ると、鷹栖はテレビを消してから携帯電話を手に取った。

『十一時か…。ちょっと早すぎるかな？』

二つ折りの携帯電話を開くと、慣れた手つきで、リダイアル画面を表示する。画面上に出る件数のうち、半分以上の件数を占める名前、クラウンという店の名前を選ぶと、躊躇《ためら》いながらも発信ボタンを押した。

『ま、駄目なら駄目でいいけど…』

すると、電話は二度ほどコールのあとに、繋がった。

〝ありがとうございます。クラブ・クラウンです〟

聞き覚えのある声に、自然と笑みが漏れる。

「もしもし。あ、その声は、ユウキくん？　鷹栖だけど、東いる？　接客中ならいいけど、手が空いてたら、お願いできるかな？」

鷹栖が電話をかけたのは、マンションのベランダから一望できる、新宿の繁華街にあるホストクラブ・クラウン。そして、電話口に呼び出したのは、鷹栖が馴染みにしてから、かれこれ九年は経とうかという五歳年上のホスト、店のマネージャーであり、オーナーでもある、東明《あきら》だ。

〝あ、いつもありがとうございます、鷹栖さま。マネージャーでしたら、すぐ出られますので、少々お待ちくださいね〟

電話の向こうでは、ユウキという従業員が、誰かに東を呼ぶよう声をかけていた。

『さては接客中だな』

鷹栖は、クラウンの作りなら、図面が頭に入っているのではないかというぐらい、記憶していた。こうして待たされる時間の感覚だけで、東がいったいどの辺りの席から、電話のある場所までやってくるのかも、想像できる。ましてや、接客中ならば、客に断りを入れて、立ち上がるまでの時間だって、わかってしまう。

〝もしもし〟

そんなこともあってか、鷹栖は東が電話口に駆けつけたことを悟ると、開口一番こう言った。

「接客中ならいいって言ったんだから、俺が相手のときには、〝ならあとで電話させますね〟って、電話を切るように教えとけよ。そうじゃないと、かけにくくなる。こっちのほうが、いつもわがまま言ってるのは、わかってるんだからさ」

〝いや、違うって。ちょっとトイレに行ってただけだ。従業員には、きちんと言ってある。それに、今更お前に遠慮するような子は、うちにはいないから〟

しかし、東はサラリと躱《かわ》して、事実をうやむやにする。

〝それより、こんな時間に、随分息遣いが荒いみたいだが、どこで飲んでるんだ？　また、今から帰りたいから、迎えに来いってやつか？　近場か？〟

それどころか、鷹栖が返事をするまえに、用件を聞いてくる。

「そんな失礼なこと、言わないよ。今夜は家で軽く飲んでただけだって」

鷹栖は普通に話していたつもりだっただけに、東に飲んでいたことが気付かれると、その驚きから、携帯電話を握る手に力が入った。

〝ならいいが。以前、うっかりいいよ、迎えに行ってやるって返事をして、今名古屋って言われたことがあるからな。このあたりだけは、しっかりと確認しとかないと…〟

どうやら東は、鷹栖がこれまでに、気乗りのしない接待で悪酔いをするつど「迎えがほしい」と、ときには東が予想もしなかった場所から迎えを強請《ねだ》り、本当に来させたことが原因で、敏感になっていただけのようだったが――――、こうして改めて言われると、鷹栖は恥ずかしさから更に頬が赤らんだ。過去に酔った勢いで電話をし、酔いがすっかり覚めた朝方に車で迎えに来られ、苦笑まみれで「急用ができたので、実費で東京に戻ります」と頭を下げて、同行していた朱雀に唖然とされた苦い記憶までもが蘇り、何やらいたたまれなくなってきた。

「それって、俺が非常識な客だって、言いたいのか？　今頃文句言ってるのか？」

こんなことは確認せずとも、鷹栖だって非常識だと思う。

今ほど稼ぎもなかった頃、東にさして貢いでもいなかった時代の話だけに、出会ったときから高級クラブのナンバーワンだった東が、よくも自腹で名古屋まで来たものだ感心する。いくらノリで「いいよ」と言ったからとはいえ、馬鹿正直にもほどがある。それが客を繋ぎ止める手管だったとしても、鷹栖なら「こんな客はいらない」と、捨てるだろう。もしくは、適当に理由をつけて、「ごめん、行けなくて」と、笑顔で知らん顔しそうな内容だ。

〝いいや。たんに東って、なんて尽くすホストなんだろう、本当に最高！　って、たまには思ってほしいだけだ〟

とはいえ、あの名古屋を機に、鷹栖が東の元へ通う頻度が増したことだけは確かだった。

他にも似たような付き合いをしているホストは、その時々に何人かはいたが、鷹栖が一年以上通った相手は東だけ、ここまで長く続いているホストは、この東明だけだという事実を考えると、あのとき名古屋を往復した東の〝損して得取れ〟は、正しかったのかもしれない。

決して無欲の勝利だとは思えないが、客である鷹栖を惹きつけて止まないのは、客のどんなわがままにも対応するホストという仕事に徹した東に、勝利の女神が微笑んでいたからかもしれない。

「こうやって催促されなきゃ、思うところだけどな」

〝それは、しまったな。口は災いの元って、こういうことか〟

そうして今夜も東は、どんなに鷹栖が唇を尖らせても、耳障りのよい声と、口調で、会話をスルリと受け流した。

「――――で、そんなことより今夜、空いてる？　うちに来れる？」

だから鷹栖は、どんなに不貞腐れたあとでも、東にはこうして、予定を聞くことができた。

〝ああ。行けるよ。何時がいいんだ？〟

「一秒でも早いと嬉しい」

会社なら部下への脅しにしか使われない台詞も、ここでは極上な誘い文句だ。

〝了解。なら、それ以上は飲まずに、待ってろよ。その台詞が出るあたりで、けっこう回ってるぞ、お前〟

「酔っ払ってなんか、いなって。じゃあ、あとでな！」

乱暴に通話を切ったものの、鷹栖はそれでも楽しげだった。

「ふんっ。何がけっこう回ってるだよ。こんなにしっかりと電話をかけてるのに、って、あ！やっぱり、そこそこ回ってる…？」

気分を良くして四杯目を注ごうとした手がボトルを滑らせたが、むしろ東の言ったことを素直に認めるだけで、自分の失敗に対しても、特別に腹が立つこともなかった。

「あーあ。ラグは無事だけど、その分ジーンズが…」

ヨタヨタとした足取りで立ち上がると、そのまま脱衣所へ行く。スコッチで濡れたジーンズを脱ぐと、その場に置かれた、ドラム型の洗濯機の中に、無造作に突っ込む。

「それにしても、なんで、テレビ電話でもないのに、わかるんだろうな？　本人に酔ってる自覚がないのに、接客業って、声だけであそこまでわかるものなのか？」

着替えのある寝室へ行くのが面倒になってか、それとも上に着ていたコットンシャツがロングだったのを幸いとしたのか、そのままの格好で鷹栖は脱衣所からリビングへ戻ると、元の場所に座り直した。

シャツの色が黒だったこともあり、そこから伸びた肢体の白さは、ジーンズを穿いていたときより、数段目立った。

「なんか、悔しいな」

それでも鷹栖は、どれほど自分が艶かしい姿をしているのか、まるで気付いていない。ボトルを手にすると、改めて四杯目をグラスに注ぎ、チビチビと飲み続けるだけだ。

「呼びつけられるホストなら、他にだっているのに。別に、最初にあいつのところに、電話しなくたって、いいだろうに――」

どうやら鷹栖は、本人が思っているより、酒には弱いようだ。

飲んでも吐き気が起こらない、イコール自分は酒には強いと勘違いしているだけで、誰が見てもとぼけた行動をとっていることや、紅潮した頬、普段の威厳や緊張感を失くしてトロンとした眼差しは、言い訳がきかないぐらい、ただの酔っ払いだ。

「甘い…。やっぱり、このスコッチは、他の酒よりも、口当たりが甘い」

グラスを抱えたまま、テーブルに懐いている姿からは、とてもではないが、日中のスーツ姿は浮かばない。入社して三年を越えた頃には、恐れ慄かれるようになっていた若き企業戦士の姿など、この醜態からは想像さえできない。

「高級とはいえ、スコッチなのに、なんでだ？」

当然、こんな自分の姿を見ることもない鷹栖は、夜空にぽっかりと浮かぶ月を描いたラベルに銀色の文字で、〝クリスタルムーン・ファースト〟と書かれたスコッチボトルを眺めては、その後もストレートで飲み続けた。

「ふふ。ふふふ」

このまま一時間も経ったら、どんなことになるのか？　東でさえも想像できない状態へと、陥っていった。

鷹栖の飲酒に待ったをかけるようにインターホンのチャイムが鳴ったのは、四杯目のグラスからワンフィンガーほどが飲まれたあたり、電話を切ってから十五分後ぐらいのことだった。

「は～い。いらっしゃい東、なんか早くない？」

鷹栖は先ほどよりも確実に酔いを増した足取りで、フラフラと玄関へ向かった。

「電話を切って、すぐに出てきたからな」

東は中へ招かれた瞬間、嫌な予感が的中したとばかりに、微苦笑を浮かべる。

「そうなの？」

だとしても、まさかシャツ一枚の姿で飛び出してきて、抱きついてくるとは思わなかったのだろう。東は玄関先で鷹栖を抱きとめると、仕事を忘れそうになった。

「それにしても、今夜は随分ご機嫌だな。何かいいことでもあったのか？」

「東が呼んだらすぐに来てくれたから、それで気分がいいのかも」

酒で警戒心が解けた鷹栖は、普段にも増して、三十代に入った男とは思えないところがあった。東が出会った頃のまま…とは言わないが、それでも二十代を折り返した頃から、あまり変わった気がしない。

「は？　槍の雨でも降らせるつもりか？　お前の一秒でも早くって言うのは、どこにいても三十分以内には来いよっていう、脅し文句――――っ」

鷹栖は自分を抱きとめた東の言い草が癇に障ったのか、軽く背伸びをすると、強引に彼の口を塞いだ。

「人がせっかく、金を払ってまで、お世辞を言ってるんだから、ありがたく嬉しいって言っとけよ。でなきゃ、帰れ。他を呼ぶから」

突然キスをしたかと思うと目を細め、柳眉を吊り上げ、文句があるなら「帰れ」と言い放った。

『――――何が他だ。遊んだはずのホストに本気になられて、何度も逃げてるのは、誰なんだ？　先月なんか、あやうく拉致されたかかったっていうのに、まだ懲《こ》りないのか？　どんなに質が良くても、結局一年も遊べないような、半端なホストはもういいって。これからはプロに徹した東だけでいいやって言って、俺の目の前で携帯から新宿界隈の店の番号を消していったはずなのに、もうどっかに新しい店を開拓しやがったのかよ』

東は、相変わらず困った酒癖だなと思いつつ、鷹栖が望んだ言葉以上のものを笑顔で返した。

「なら、愛がお世辞を言ってくれるなんて、嬉しいよ。光栄すぎて、眩暈《めまい》がする。今にも心臓が張り裂けそうだ。ますます溺れて、離れられなくなる。今夜の俺は、世界で一番幸せだ。これでいいか？」

「チェンジ！　わざとらしくて、気分が萎えた。もう、帰ってい、っ…ん!!」

むくれる鷹栖を抱き締め直すと、さっきのお返しだとばかりに、口付けた。

「――――んっ」

細くて柔らかな髪を撫でると、合わせた唇をよりいっそう深く重ね合っていく。

「んん…っ」

鷹栖がうっとりとした顔で応じてくると、唇を離して、額に額をくっつける。

「軽い冗談ぐらい聞き流せよ。こっちは、この場で押し倒すのを我慢してるんだ。これ以上拗ねると、身体にものを言わすぞ」

鼻と鼻もチョンとぶつけて、その後はもう一度軽く口付けてから、顔を離す。

「なんで、こんなところで、押し倒されなきゃなんないんだよ」

鷹栖は、納得がいかないまま、宥めすかされた子供のような表情で、東の顔を見上げた。

「お前にそんな姿で出迎えられたら、気持ちより先に下半身が騒ぐってことだよ」

「こんなんで、その気になるのか？　けっこう単純だったんだな、東って」

「それだけ、今夜の愛が、たまらないってことだ」

ここで話を続けても無意味だと判断してか、東は鷹栖を横抱きにすると寝室へ移動した。

「さすがはホスト。ああ言えば、こう言うのは、お手の物だな」

鷹栖はスラリと伸びた白い脚をパタパタとしながら、クスクスと笑っている。

「憎まれ口ばっかり叩く唇を塞ぐのは、もっと得意だ」

口にしたら即実行という東にキスをされ、はしゃいだ脚もピタリと止まる。

「愛…」

「ん…、っ」

空いた両腕を彼の首に絡めたまま、寝室に入る。

ベッドに下ろされると、鷹栖は東に、完全に身を任せた。

「――――ん」

しばらくはベッドに並んで腰をかけた状態で、互いの唇を貪《むさぼ》りあう。

「んん…っ」

しかし、一度唇を離すと、東は問いかけた。

「水、いるか？」

「いらない」

「ならいいが。お前が一人酒なんて、珍しいが…、会社で何かあったのか？」

気にはなっていたのだろうが、すぐに切り込まないのが、東の聞き出し上手なところだ。

「今度若社長が、辞めることになったんだ。だから、俺か支社長のどっちかが社長になる。株主総会の選挙で勝ったほうが、NASCITAの社長に――――」

鷹栖は今日知ったばかり、それもまだ社内でも未発表だというのに、この話をした。

「それで、今夜は前祝いか？　もう、自分がなったつもりだったんだろう」

「悪いかよ。そのためにって、若社長が自分の秘書まで貸してくれたんだ。必ず社長にならなきゃ、男が廃《すた》るだろう？」

どれほどの信頼があるのかが、垣間見られる。が、ここで東と会社の話をしたくはないのだろう、鷹栖の口調はやっぱり不貞腐れ気味だ。

「それもそうだな」

東は鷹栖のこめかみに口付けると、この話は、ここで終わりとした。頬や外耳に口付けながら、火照った鷹栖の身体を愛撫し始めた。

「やっぱり、リビングに行こう。もっと飲みたい。東も一緒に乾杯しろよ。あんたの好きなスコッチ出してあるから、ほら、クリスタルなんとかの初代って、スコッチ」

「ああ、あれか。好きは好きだが、今は口にするなら、美酒よりお前のほうがいい」

しなやかで力強い右腕に抱くと、残った左手で鷹栖の唇や頬、髪や頬を順番に撫でていく。

「決まり文句だとしても、悪くない台詞だ」

「お前にしか、言ったはことない」

重くなり始めた瞼を閉じて、されるがままになっている鷹栖の腰に手を伸ばすと、膝上まであるシャツの裾をたくし上げて、白い腿を露にする。

「嘘ばっか」

「信じる、信じないは、お前の勝手だ」

いつもなら、邪魔なだけの衣類は、さっさと脱がしてしまうところだが、今夜は白と黒のコントラストが気に入ったのか、東は黒いシャツをわざと残した。上からも、下からもボタンは外しているというのに、真ん中の一つだけをあえて外さず、乱したシャツの狭間から覗ける白い肌を、楽しみながら、丁寧に愛していった。

「――――っん」

先に胸元に顔を埋めると、小さいながらも、ツンと起った褐色の実を口に含んだ。舌先で転がし、チユッと吸い上げ、鷹栖の身体をベッドへ、横たえていく。

「なら、信じない。でも、いい―――。あんたの嘘は、いつでも気持ちがいいから」

身体全体がベッドに落ち着くと、鷹栖の身体からは、更に力が抜けていった。

「台詞もキスもセックスも、全部プロに徹してて、気持ちがいいから…。ん…っ」

正面から覆いかぶさる東の唇が胸元から下腹部へ、その手が下腹部から太腿へと伸びると、鷹栖は感じるがままに身を捩《よじ》る。

「なんだよ。今夜は随分挑発的だなと思ったら、下を脱いでた理由は、酒を零したからか？　腿の内側から、あのスコッチ独特の甘い香りがするぞ」

「ん…っ」

開《はだ》けたシャツの狭間から覗く、下着の上からペニスに口付けられて、鷹栖は堪えきれずに吐息を漏らした。

「ま、お前がここから放つ蜜のが、もっと甘いがな」

東は鷹栖の下着に指をかけるとゆっくり下ろし、徐々に姿を見せるペニスに、チュッ、チュッと、口付けていく。

「あ…っ、ん」

優しすぎる愛撫にもどかしさを覚えると、鷹栖は自分の股間に顔を埋める東の頭部に、両手を伸ばした。

「…そこ、もっと…ほしい」

艶やかな黒髪に細い指を絡め、今よりはっきりとした愛撫がほしいと、正直に強請った。

「ここか?」

東の手が、膨らみ始めたペニスを摑むと、親指の腹で亀頭の付け根を弾いた。

「ん…。いい」

「こっちは?」

今度は亀頭の先端を弄《いじ》られ、根元を口でしゃぶられて、鷹栖のペニスからは感じるがままに、先走った蜜が滲み出ていく。

「そこも、いい…。なんか、今夜は、全部感じる。東、腕上げた?」

鷹栖は全身を真っ赤に染めながらも、込み上げる快感に身を捩り、口走った。

「お前が酔って、敏感になってるだけだよ」

東は、完全に膨らんだペニスを頰張ると、これまでより数段きつめに吸い上げる。

「もう…、駄目…っ。イク…。そんなにされたら、保たない…」

ペニスをしゃぶり上げる力も、いっそう強くする。

「だったらイケよ。我慢する必要はないだろう?」

「あっ、――――んっ!!」

鷹栖は東に導かれるままに、身体を強張らせると、呆気なく彼の口内に、白濁を放った。

「はぁ…、はぁ…っ」

全身をビクビクと震わせて、呼吸を整えながら、駆け抜けた快感が治まるのを、いっとき静かに待った。

『可愛いもんだな、今もって』

たったこれだけのことで、ぐったりとしている鷹栖を見ると、東は微笑を浮かべながら、口に含んでいた白濁を飲み込んだ。ベッドから一度下りると、ラフに着込んでいたスーツの上着を、その場に脱ぎ落としていった。

「東…」

「ん？」

そこに立って居るだけで目がいく男に、鷹栖はふいに視線を奪われる。

「やっぱり、東が一番上手い」

声をかけたはいいが、徐々に衣類を落とす男と目が合い、ついどうでもいいことを口にした。

「誰と比べて、言ってるんだよ」

「内緒」

「何が内緒だ、この遊び人が。煽った罪は、償ってもらうぞ」

言葉を濁して、顔を背けたのは、ますます身体火照ってきたから、肌を晒した男がこれから直《じか》に触れてくる、肌と肌を重ねて自分を抱きにくると感じた気恥ずかしさからで、決して東を挑発したかったわけではなかった。

「やだ、もう少し…。もう一度、口がいい」

「馬鹿言え、これ以上はこっちが持たないよ」

だが、それに気付いているのかいないのか、東は成熟した肉体美を鷹栖に向けると、反射的に身体を捩じった彼の背後から、圧し掛かっていった。

「東――っ、やだっ。ちょっ、東っ」

逃げた細い腰を摑んで引き寄せ、鷹栖の双丘に潜んだ窄《すぼ》みに、すでにいきり立った雄のペニスを押し付けてきた。

「奥まで一気に入れるからな、力抜けよ」

「東っ、ゃめ――、んっ!!」

こんな四つん這いは嫌だ。そう言って拒む前に、鷹栖の中には、内壁を焦がしそうなほど熱い肉欲が、言葉通りに押し込まれてきた。

「ほら、そんなに絞めるなって。今夜は、ほしかったから、俺を呼んだんだろう?」

「はぁっ…っ、あっ!! ひど…っ、っ」

慣れた行為のはずなのに、今夜は東が荒っぽい、ひどく乱暴な気がして、鷹栖は激しく押し入るペニスに喘ぎながら、少しでも楽な姿勢を求めて、上体をベッドに伏せた。

摑まれた腰だけを高く突き上げる形で、東の激しい動きに、懸命に合わせた。

「一秒でも早く、俺とこうしたかったから、あんな電話してきたんだろう?」

「あっ…っ、っん、苦しいって…、んっ!」

そうするうちに、腰を摑んでいた東の利き手が前に回った。二度目のエクスタシーを欲して膨らむペニスを再び摑まれ、鷹栖は身体が感じるままに、背筋を仰け反らせた。

「俺も、呼ばれて嬉しかった。最近お呼びがかからなかったし、なんか今夜は、俺もお前のこと

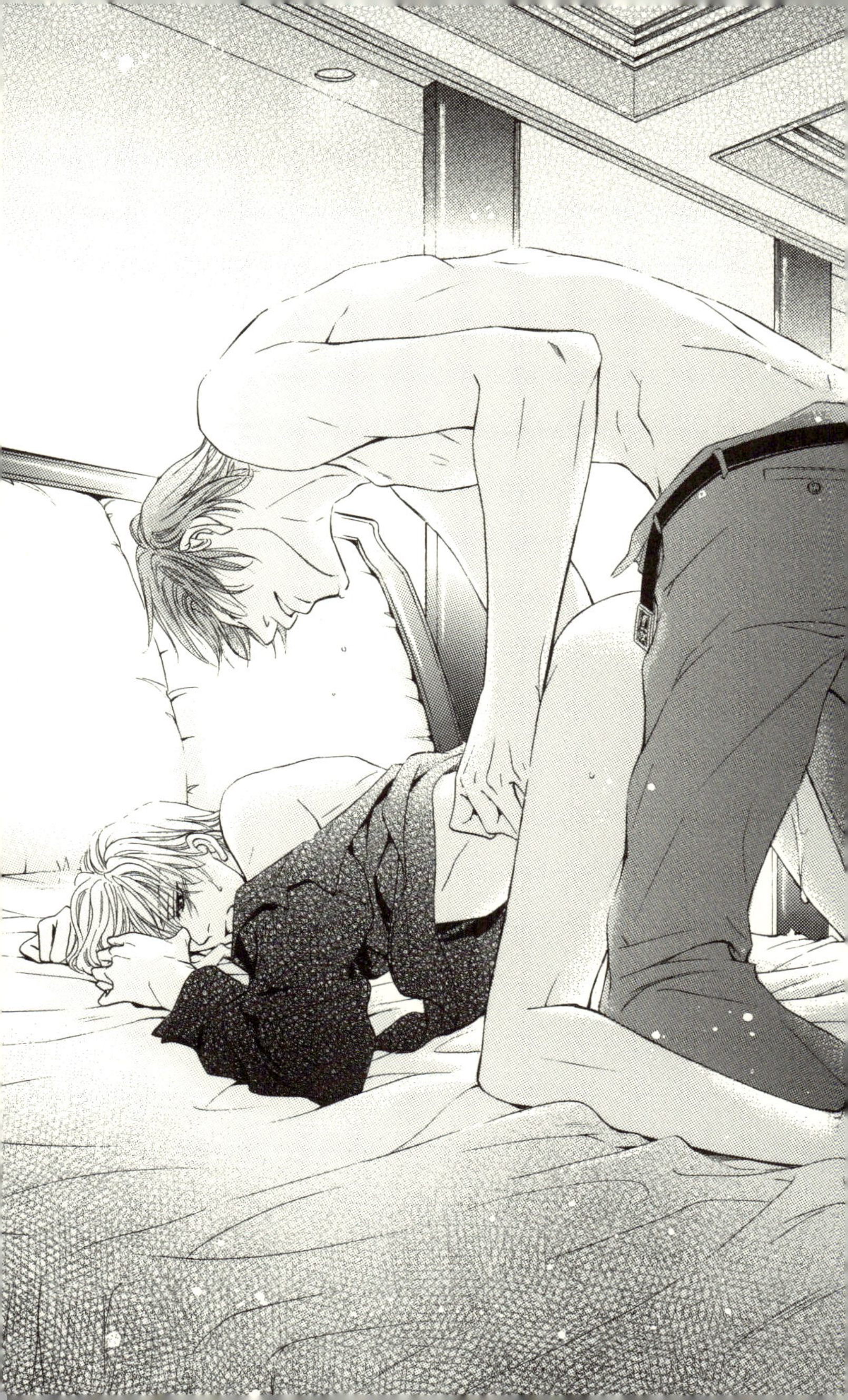

を、思い出してたんだ」

「っ！　んんっ」

東がペニスを扱きやすいよう、今より脚を開いて、全身で東がくれる快感を受け入れた。

「お前の肌を、体温を――――、さ」

「っ、東っ、ん、駄目っ…」

こうして絡んで、絡み合い、互いが得られる快感には、然《さ》ほどの違いはない。けれど、こうした行為が終わると、鷹栖は東に報酬を払う。店から呼び出した分と、一晩付き合ってもらった分を合わせて、〝二人だけが知る一定の金額〟を即金で渡す。

「愛…っ」

「も…、駄目っ、んっ…、んんんっ！」

よくよく考えれば、九年もこんな関係を続けているのも、不思議なことだと思う。

どうしてここまで密になりながら、二人の仲が変わらないのか？　客とホストという関係が、守られ続けているのか？　と、不思議なほどだ。

「愛っ」

「東…っ！」

しかし、鷹栖はこれ以上の何かを、東に求めたことはなかった。

東も鷹栖に対して、自分から仕事以外での何かを、求めることはしたことがなかった。

「お前はいつも、最高だ」

「ん――――っっ!!」

だから、この関係は続いていた。

鷹栖は、これが楽だと思う限り、これからも変わることなく、続くものだと思っていた。

自分が客である限り、東がホストである限り、このままずっと――――。

＊＊＊

鷹栖が一人では入ることのないデッキゾーンのジャクジーバスに身を浸したのは、時計の針が十二時半を回った頃だった。見下ろすように一望できる繁華街のネオンは、今夜も地上に宝石を散りばめたように美しく、光り輝いている。目線を上げた視界に広がる夜空も、今夜は雲ひとつないミッドナイトブルーが広がっている。そんな中で、浴槽内からライトアップされた淡いブルーとグリーンのランプは、二人に幻想的な時間を演出してくれていた。特に、温めに設定されたお湯と、すべてを預けて寄りかかることが許される男の存在は、鷹栖に自然と安息を吐かせた。

「けだもの」

不満を口にする尖った唇さえ、どこか可愛げのあるものに、見せるほどだ。

「いつもより、イッたくせに」

東は、腕の中でぼやく鷹栖の鼻を摘《つま》むと、からかうように言った。

鷹栖はその手を弾くと、身体を捻《ひね》って、東と視線を合わせた。

「そういう問題じゃない。あんなの契約違反だ。反逆罪だ。俺は痛いのとか、荒っぽいのが嫌いだって、いつも言ってるだろう」

鷹栖がこうして済んだ情事に文句を言うときは、大概感じすぎてしまって、途中から自身のコントロールが利かなくなった場合が多い。自分で抑制できないことが恥ずかしいというよりは、他人に支配されることが腹立たしいのだろうが、東としてはこれで成功だ。

「俺の使命は、お前を良くしてやることだからな。時には結果オーライなこともするさ」

「よく言うよ。どうせ次が、控えてるだけだろう？　時間がないから、パッパと来て、パッパと済ませようとした。正直に言えよ。そしたら、すぐに他へ行ってもかまわないから」

自分では気付いていないのだろうが、この手の抗議をするときの鷹栖は、とても素直で愛らしかった。相手もこれが仕事と割り切っている分だけ、変な拘束を強いる事はない。束縛もしないし、独占したいという素振りもない。が、すべてを承知し理解した上で拗ねるものだから、ホストにとってはたまらない。

東にとっても、鷹栖は数え切れないほどそう思わせた、特別な客だ。

「だったら、こんなアフターサービスはしてないよ。お前が昇天したところで、ベッドに運んで、じゃあまたな、だ。そのほうが、何倍もスマートだろう？　ｃｈｕ♡」

東は、鷹栖を抱く手に力を込めると、わざとらしく口付け、機嫌を取った。

「もう」

「で、痛かったのは、どっちだ？　癒えるまでただ働きしてやるから、それで許せって」

湯船の中で胸部と臀部を探ると、慣れた手つきで愛していく。

「そんなこと言うと、一生ただ働きさせるぞ」

「望むところだ。ただし、そしたらお前も一生こうして俺の腕の中にいろよ。でないと、労働ができないからな」

「ん…っ。どんな労働だよ。こんなの、俺がキツイだけ――――、っ!! 東っ」

しかし、尖った乳首を摘まれ、尻の窄みに指を入れられると、鷹栖は苦しそうに身を捩った。

「今夜は、もういいか?」

「ん。今週は疲れたから、さっきので十分。今は、こうしてるだけでいい」

東は両手を引くと、鷹栖の肩を抱き直す。

「そうか。なら、いいが。でも、ほしくなったら、合図しろよ。好きなだけイカせてやるから」

「ありがとう」

鷹栖はホッとしたように、そう言った。鷹栖が東とのセックスが一番楽だ、気持ちがいいと感じるのは、こうして無理強いされないことだった。

東は初めて肌を重ねたときから、鷹栖の限界を見抜いてきた。だから、そこを超えるようなセックスは、決してしてこない。口上だけのいやいやと、本気のそれをちゃんと見極める目の確かさは、他のホストにだってないものだ。ただ、これが恋人だったらどうだろうか、仕事でなければこうはいかないかもしれないなと考えたとき、鷹栖はお金を出しても、この関係がいいと感じる。気を遣うのは、会社だけで十分だ。仕事に障るようにプライベートなら要らない。だが、定期的な快感だけはほしいというなら、東のような男と群れているほうが、身も心も楽だ。安心を買っているだけかもしれないが、鷹栖はこれで十分だと思っていた。

「それより、東。店はいいの？　戻らなきゃいけないなら、マジに遠慮はなしだぞ」

「いや、今夜は任せてきたから、朝までいるよ。どうせ明日は日曜だし、うんとサービスするよ。もちろん、ご主人様のお許しが出ればだけどな」

「なんだ、本当に今夜は俺が〆だったのか。でも、最近そんなんばっかで、大丈夫なのかよ。実は、前より指名が減ったんじゃないのか？」

「ご心配なく。そもそも現役のプレイヤーでもないマネージャーの働きなんて、こんなもんさ」

「そうなのか？」

と、極上のムードを壊すように、インターホンが鳴った。

「っ!?」

「誰か来たぞ。まさか他の男を、俺にバッティングさせたんじゃないよな？　今は東だけとか言って、実はすでに新しい男を増やして――――、痛っ」

鷹栖は、わざとらしいことを言って責める東の頬を摘むと、引っ張った。

「そんな面倒くさいこと、誰がするよ。なんでホストでもない俺のほうが、一晩に二度風呂、二度セックスなんて、気を遣うんだよ。大体二人呼ぶなら、同時に呼ぶって。そのほうが時間もからないし、刺激も多い。こんな馬鹿な話もしなくて済む」

「…だったな。俺としたことが、失言だ。ほら」

東は冗談交じりに笑うと、ジャグジーバスから腕を伸ばす。手に届く壁にセットされたインターホンの受話器を取ると、鷹栖に差し出した。

「ありがとう。それにしても、誰だろう？　あ！」

鷹栖は小型画面のついたそれを手にすると、東と共に、真夜中の訪問者を確認した。

玄関口にセットされたセキュリティカメラが捕らえた男は、真面目を絵にしたようなタイプだった。が、画面越しに見るルックスは悪くなく、東から見ても、インテリなハンサムガイだ。

「なんだよ、やっぱり男じゃないか」

東が怪訝《けげん》そうな顔をした。

「新しい秘書だよ。野上って言うんだ」

鷹栖は慌てて、東に寄りかかっていた身体を、きちんと起こした。

「こんな時間に？」

「さっきも言っただろう。これが社長自ら回してくれた社長選用の選挙参謀、社内一の働き者だよ。何かあれば、こうして二十四時間駆けつけるんだ。下手なホストよりマメかもよ」

ジャグジーバスから上がると、急いでバスローブを着込み、リビングから玄関へと走った。

「馬鹿言え。俺よりマメな秘書なんかいて、たまるもんか」

鷹栖に、東のぼやきは聞こえない。

東は溜息混じりにお湯を指で弾くと、さてどうしたものか？　と考える。

その間、鷹栖は玄関に着くと、チェーンを外して、野上を中へと通す。

「夜分、失礼します。お休みのところ、申し訳ありません。今後のスケジュールを円滑にするために、月曜までに目を通していただきたい資料を、お持ちしました。あと、できればこの場でお返事をいただきたい、早急のものが数点。お疲れなのはわかっていますが、よろしいでしょうか？」

野上は玄関先で、厚みのある封筒と書類数枚を手にすると、そこで用件を済ませようとした。

「あ、いいよ。疲れてるのは、お互い様だし。むしろ、こんなにすぐに動いてもらって、ありがたいよ。とりあえず、早急のものを見るから、中に入って」

だが、鷹栖はここで野上を待たせることはしなかった。来客用のスリッパを出し、奥へ招く。

「はい。では、おじゃましま…、あ、でも…お客様がいらしているようですし、私はここで…」

しかし、野上はサイズ違いの革靴を目にすると、躊躇った。手入れの行き届いたブランドものの靴は、来客が適度に高収入な上に、趣味のいい男性であることを示している。

「ああ、気にしなくていいよ。馴染みのホストだから」

「さようですか」

野上は、あまりにサラリと言われたので、それならばと、中へ上がった。

『ん？　馴染み？　ホスト？』

案内されるまま、リビングへ向かう。が、交わした言葉に、強烈な引っかかりを感じてか、野上は、濡れた髪もそのままに、書類へ目を通す鷹栖に向かって、確認を取った。

「あの、失礼ですが、いまおっしゃられたのは、お越しになっている幼馴染さんのご職業が、接客業ということですよね？」

「――いや。今来てるのは、行きつけの店のホストだよ。店まで行くのが面倒だから、呼んだんだ。ホテルに流れる手間も省けるし、そのほうが何かと便利だから」

鷹栖は書類から目を離すこともなく、同じ調子で答えるが、野上はその場で手にしたビジネスバッグをボトリと落とした。

「たっ、鷹栖専務？」

普段なら、野上が出さないような、奇怪な声が上がる。

「あ、野上。それより、この報告書のデータなら…っ！」

空いた両手で鷹栖の胸倉を摑むと、野上は力任せに揺さぶった。

「データなんてどうでもいいです!!　あなたって人は、今がどういうときだか、わかってるんですか？　しかも、今日の今日ですよ!!」

「え？」

鷹栖の手からも、書類が抜け落ち、足元へと散らばっていく。

「え、じゃないでしょう？　ホスト遊びなんかしてる場合ですか!!　だいたい、こんなことがバレたら、全部水の泡ですよ。企業主としても人としても致命傷です」

「そ、そんな、バレるようなヘマをする遊び相手なんか、選んでないって。筒井の女遊びと一緒にするなよ。野上も野暮だな」

鷹栖には、何がなんだかわからない。

「野暮じゃありません、常識の問題です!!　だいたいホステス遊びだってどうかと思うのに、それをホストとだなんて、気が知れませんよ」

初めは笑って済ませたが、あまりに言われ続けると、鷹栖も堪えきれずにムッとした。

「なっ、なんだよ！　ホストの何が悪いんだよ」

「よせ、愛！　落ち着けって」

「っ、東」

思わず野上の胸倉を摑み返そうとしたが、それは東に止められた。が、東は鷹栖を止める代わりに、野上が摑んでいた鷹栖の胸倉からも、その手を外させた。

幾分乱れたバスローブの胸元を見ると、無言で閉じて、きちんと直した。

『東…？　この男が、鷹栖専務の…』

野上はその様子をジッと見ていた。

東は鷹栖から野上へ視線を流すと、最初に軽く会釈をした。

「どうも、すみません。俺はすぐに引き上げますから」

すでに東は着替えており、帰り支度が整っていた。

「帰るのかよ？」

朝まで居ると言った予定を狂わされ、鷹栖の語尾がきつくなる。

「こんな夜中に騒ぐほうが、近所迷惑になりかねない。だろう？」

東が悪いわけではない、それは鷹栖もわかっている。

「…っ、ごめん」

強いて言うなら、自分が軽薄だった。簡単に野上を上げてしまった自分が愚かだったと、そこは鷹栖も反省している。

「いいって。どんなときでも都合がいいのが、俺みたいな男の役割だ。それじゃあな」

それでも、濡れた髪も乾かさずに帰すというのは初めてのことで、鷹栖はすんなりとリビングをあとにした東を、思わず追いかけた。

「あ、東！」

申し訳なさからか、苛立ちからか、東の上着の裾を掴むと、玄関先で引き止めた。

「髪…、帰ったらすぐに乾かせよ。風邪、引いたら、大変だし」

取りとめもなく出た言葉に笑うと、東は鷹栖を抱き寄せた。

「可愛いこと言うなって」

鷹栖もそれに応えるように背伸びをすると、自ら東の唇を軽く啄ばんだ。

「――――またな」

きりがないので、身体を離す。

「ん。次は店に顔を出すから。今夜の分もまとめて払うから、悪いけどツケといて」

「ああ。わかったよ。お前こそ、風邪引くなよ」

東は軽く手を振ると、鷹栖の自宅を後にした。

鷹栖は東を見送った足でリビングへと戻り、落とした書類を集めて握り締める野上と、しばらくは睨《にら》みあうことになった。

先代の社長から秘書として務めてきた野上と、入社当時から社長のお気に入りだった鷹栖だけに、二人にはそれ相応の面識はあった。特別親しいわけではないが、まったく互いを知らないわけでもないのは、公私共に言えること。だが、それでも一歩踏み込んだところには、お互い興味もなければ、関心もなかったことも手伝い、野上は今日まで、鷹栖の私生活を目にすることはなかった。鷹栖のビジュアルだけに、「実は恋人が男だった」と言われるぐらいなら、まだ驚くこともなかっただろうが、さすがにホストを自宅に連れ込んでのご乱行となれば、話は別だ。いったいいつからこんなことをしていたのか、想像もつかない。会社で見る素振りからは見当もつかないといった顔で、野上はリビングへ戻ってきた鷹栖をジッと見つめていた。見ていたところで、何の解決にもならないので、改めて鷹栖に問いかけた。バスローブに付いたフードで濡髪を拭う鷹栖に向かい、これまでどういう生活をしてきたのか、話せるものなら話してほしいと。

しかし、そんな野上に向かって、鷹栖は何一つ隠そうともせずに、言い放った。

「生活は見たままだし、遊びに関しては、さっきも言ったとおりだよ。恋人はいないし、ホストに入れあげて借金なんてしたことない。ただ、空いた時間に楽しめれば、それでいいかなって程度だけど、それの何が問題なの？」

リビングのソファに腰を下ろすと、普段と変わることのない態度で、足も組んだ。

「問題に感じてないところが、一番の問題です。いい年の男が、自宅にホストを連れ込んでるんですよ。それを他人に見られて、どうしてそう、平然としていられるんですか？」

野上の怒声が飛ぶのに、一分とかからなかった。

「平然も何も、いい年の男だから、連れ込んでるんじゃないか。この年になって、誰が酒だけ飲んで、満足するんだよ。飲んだら、やりたくなるだろうが、健康な男なら」

「鷹栖専務！」

「だって、考えてもみろよ。女は面倒だし、自分がサービスしないといけないし、何より妊娠させたら一大事だ。でも、プロの男が相手なら、身体を預けているだけで、いい思いができる。ま、金はかかるけど、あれだけの男なら、惜しくはないし、いい買い物じゃないか」

それでも、鷹栖はあっけらかんとして、言い返す。価値観の多様化は、決して悪いことではないと思うが、それにしたって二人の価値観は違いすぎる。

「何、真顔でとぼけたことを、おっしゃってるんですか」

「真剣に言ってるけど」

「正気の沙汰ではありません」

「それ、社長にも言ったのか？　俺に言うなら、先に社長に言えよ。男と男が絡むのに、本気も遊びも関係ない。世間は大差なく見るぞ。たとえ主治医との命がけの恋であってもな！」

と、鷹栖はここで、話を横に逸らした。比較に出した相手が相手だけに、鬼の首を取ったような言いっぷりだ。

「――――っ!!　ご心配なく。社長にも黒河先生にも、スキャンダルをもみ消してくださるお知り合いは、山ほどいます。専務と違って」

だが、ここで折れるほど、野上も軟弱ではない。白石の名を出されたことを逆手に取ると、このさい道徳観を抜きにした上で、具体的な二人の違いを鷹栖に突きつけた。

「どういう意味だよ」

「悔しかったら今からでも東都大学に入り直して、あちらこちらに有力なご縁を持つことですね、っていう意味です」

鷹栖にとっては失礼この上ない話だが、白石と鷹栖では、公私のいずれを比べても、力は白石のほうが上だと言い切った。

「ふざけるな！　ハーバードに並ぶ聖フォード大学をスキップして卒業した俺が、なんで東都ごときに入り直さなきゃならないんだよ！　大体、力のある知り合いなら、山ほどいるよ。国内にいないだけで」

これにはよほど腹が立ったのか、鷹栖は憤慨も露にして、立ち上がる。

「では、そういうのを宝の持ち腐れというんです。たとえアラブの石油王やイタリアンマフィアのボスがお友達でも、日本のゴシップなんか、わざわざもみ消してくれません。でも、スキャンダルは出たら最後なんです！　ましてや男のあなたが自宅でホスト遊びなんて、ＮＡＳＣＩＴＡのクリーンなイメージにドロを塗る気ですか!?　死んだ先代だって浮かばれませんよ！」

けれど、ああ言えば、こう言うのは、東も野上も変わらない。鷹栖は何を言っても切り返してくる野上に柳眉を吊り上げると、これでどうだと言わんばかりに、切り札を突きつけた。

「俺を最初にホストクラブに連れて行ったのは、その先代だ」

そう、そもそも鷹栖がホスト遊びなどというものを覚えたのは、先代社長のアフターに同行したことがきっかけだった。新宿界隈でも老舗の高級ホストクラブだった〝硝子の月〟で、当時そこのナンバーワンホストだった東と知り合ったことが、今の鷹栖の私生活を作ったのだ。

「それは…、社会経験のためとか、どこかの女社長の接待が目的でしょう？」

これには野上も、あからさまに困ったような顔をした。

「最初はね。けど、気に入って通い始めたって知ったときだって、あそこのホストなら口は堅いし、信用があるから、いいだろうって言ったよ」

「ただし、ほどほどに。会社の体面だけは、何があっても忘れるなよ。先代なら、認めたとしても、そう言ったと思いますが？」

しかし、困ってみせたのは一瞬のことで、鷹栖は先代社長のことを盾にしたつもりが、やっぱり野上に取って返された。

「っ!!」

「図星でしょう。先代が言いそうなことは、私にだってわかります。さ、わかったら約束してください。彼や彼のようなホストとは、もう二度と会わないと。これまでの関係はすべて切って、一意専心で社長の座を目指すと」

まるで、そのときの会話を聞いていたのか？　と確かめたくなるほど的確に突いてくる野上に、下手な言い訳は通用しない。となれば、鷹栖にできる抵抗は、これだけだ。

「そこまで会社に縛られる理由はない。プライバシーの侵害だ」

「理由やプライバシーの問題ではありません」

「――――っ、ああそうかい!! わかったよ。もういい。あんたと話をしてても、埒が明かない。そんなに俺から男を切り離したかったら、今後はあんたが俺と寝ろよ。秘書としての時間外労働ってことで、手当ては弾むから、セックスの相手をしろ。俺はこのさい欲求が解消できれば、あんたでも我慢するからさ」

鷹栖は半ば自棄《やけ》になると、野上相手に啖呵《たんか》を切った。

「な…、何ですって!?」

「だってあんた、黒河先生に取られはしたものの、以前から白石社長のことが好きだったんだろう? ってことは、別に男が駄目ってわけじゃないんだから、それだけの職務意識があれば、俺とセックスぐらいできるだろう?」

鷹栖も、心のどこかでは、自分でもすごいこじつけを言っているものだとは、思っていた。それほど白石と鷹栖ではタイプが違う。見た目もさることながら性格が違う。おそらく、セックスアピールだって違うはずだし、そうなれば、根本的に野上にとっての鷹栖は、好みではない。性欲だけに任せたところで、そんなことができるはずがないという気持ちは、鷹栖にもあった。が、だからこそ逆に、大胆に迫った。

「それとも、気持ちはあっても、まだ男は抱いたことがないのか? だったら俺が一から教えるよ。男同士だからこそ、後腐れなく、楽しむ方法を」

「たっ、鷹栖専務!!」

焦《あせ》る野上に抱きつくと、両手どころか全身を絡めて、相手の身体をソファへ追いやる。

「なんだ、けっこう悪くない身体、してるじゃないか。それにほら、前髪を下ろしたら、意外にセクシーだ」

行き場をなくした身体がソファへ沈むと、鷹栖は野上の膝の上を跨いで、腰を落とした。

「今時の三十七にしては、ふけてる気がするけれど、あんたみたいなタイプは、ここから十年経っても変わらないからな。考えようによっては、いいかもしれないし」

着込んだバスローブの下には、何もつけていない。それを承知で、鷹栖は野上の膝から腿にかけて、下肢を擦り付けた。

「鷹栖専務っ!!」

嫌がる相手に、嫌がらせをするほど、愉しいものはない。鷹栖は、散々言われた仕返しとばかりに、野上に迫った。

「――――専務、専務って、うるさいな。どうせ呼ぶなら、愛さんにしろよ。社長のことは、プライベートじゃ、朱音さんって呼んでるんだろう？　ねぇ、耀一さん」

束が閉じてくれたバスローブの胸元をわずかに開くと、野上の目の前に白い肌を晒した。

「っ」

大胆すぎる誘惑のためか、それとも心底からカチンときてか、野上の体温が一気に上がる。

「さあ、抱けよ。別に女をやるのと、そう変わらないって。女とするセックスに、マスターベーションがセットになったようなもんだからさ」

鷹栖はとどめとばかりに抱きつくと、その耳元で甘い吐息を漏らした。

「っ…、鷹栖…っ」

野上の両手が鷹栖の背に回ると、バスローブをギュッと握る。

「なんてね」

次に野上が何をしようとしたのかは、わからない。だが、鷹栖はここで身を引いた。

「寝るわけないだろう、秘書となんて。俺は誰かさんと違って、公私混同はしないんだ。社内の奴と寝るぐらいなら、わざわざ金払って、ホストなんかと遊ばない。ましてや、なんでよりにもよって、白石ラブのあんたなんかと寝るんだよ。初めから対象外だって、野上秘書は」

野上の膝から下りると立ち上がり、乱したバスローブの胸元もきっちりと直した。

「なっ!!」

野上もよほど腹が立ってか、勢いのまま立ち上がる。鷹栖の態度に腹を立てたのか、その言い草や内容に腹を立てたのか、それは野上にしかわからない。が、鷹栖は、まるでお構いなしだ。

「でも、そりゃそうだろう。俺は俺以外の男が好きな奴となんか、遊びでだって寝たくないよ。少なくとも、やってるときは、俺のためなら死ねるぐらいの男じゃなきゃ、萌えないし。それが仕事であるなら尚のこと、徹底した仕事ぶりを見せられる奴じゃなきゃ、食指なんか動かない。金を払うどころか、貰ったって、セックスなんかしたくないね」

腕を組むと、自分よりも長身な野上を見上げ、悪口罵詈《あっこうばり》を尽くす。

「真面目一徹の社長秘書にはわからないかもしれないが、遊びには遊びの掟《おきて》があるんだよ。時として、真面目に交際するより、よっぽど厳しいルールってものが。まあ、それでも自分でここが正念場だって割り切れば、あんたに言われるまでもなく、自分から身奇麗にはするよ。自分が可愛いのは、あんたより、俺自身のが、わかってることだ」

真新しいバスローブに身を包み、生乾きの髪をときおりかきあげる仕草は、蠱惑的《こわくてき》な色香を放つ。が、言い尽くした上で、野上の懸念がわからないわけではないことを伝える姿は、やはり企業人としての威厳がある。

「だから、あんたはあんたの仕事だけしてくれ。俺は俺の仕事をする」

何があっても、やることはやる。自分が果たすべき仕事は果たすと言い切る姿は、それだけで野上を圧倒する。とてもではないが、この場から立ち去るホストを気にして追いかけた者とは思えない、子供じみた感情から野上を押し倒し、誘惑して見せた者とも思えないものがあった。

「ただ、これだけは言っておく。俺は白石朱音じゃないんだから、私生活への関与はお断りだ。自分のことは自分でできるし、誰に頼るつもりもない。ましてや、秘書に性生活まで首を突っ込まれるなんて、まっぴらごめんだ。だから、俺に仕事以外の話は、しないでくれ」

野上は、これまでにも鷹栖に対し、困った人だと思ったことは、幾度かあった。しかし、それにしたって今夜ほど困った人だ、手に負えない人だと感じたことは、一度としてなかった。

「ま、どうせすぐに元の職に戻るんだから、俺に余計な気は遣わないに限ると思うよ。時期が来たら、俺の秘書は方城に戻る。あんたは白石朱音の秘書に戻る。お互い一ヶ月程度の我慢だろうが、そんなものは仕事に追われるうちに、あっという間に過ぎるんだろうからさ」

鷹栖が言うまでもなく、鷹栖はこれまで野上が仕えてきた白石とは、あまりに違う人間だった。容姿も性格も価値観も、漲《みなぎ》るパワーも存在感も、何もかもが違っていて、野上にこれまでにはなかった感情、沸き立たつ熱のようなものが起こった。が、そのためだろうか？　野上は、どこまでも高飛車な鷹栖から暴言を浴び続けると、こめかみをヒクッとさせた。

「話が終わったら、帰ってくれ。さっき言いそびれたけど、この早急書類のデータに関してなら、方城のほうが詳しい――――っ!?」

大方言い切ってすっきりしただろう鷹栖の腕を掴むと、いきなりソファへ突き飛ばした。

「何？」

一瞬、何がなんだかわからないという顔をした鷹栖に覆いかぶさり、バスローブの胸元を思い切り開く。

「やっ!!　何するんだよ!!」

咄嗟に前を閉じようとした鷹栖の両手首を掴むと、頭の上まで持ち上げ、力で押さえた。

「馬鹿、放せ！　放せってば！」

暴れる脚の狭間に利き脚を滑り込ませると、剝き出しになった鷹栖のシンボルを膝で潰して、声にならない悲鳴を上げさせた。

「っ――――っ、っ!!」

先ほど鷹栖によって乱された前髪が落ちた野上の行動は、彼をいつもとは別人に見せる。

「人を馬鹿にするのも、大概になさい。あなたはこんなに華奢《きゃしゃ》なんですよ。NASCITAを背負うには心もとないぐらい力もなく、男にしては、そうとうか弱い存在だ」

その言葉遣いは変わらないものの、目つきの悪さと声の低さは、鷹栖の背筋に冷たいものを走らせる。

「これは一個人としての忠告ですが、過度な挑発は墓穴を掘るだけです。火のついた雄に、肩書きは通じない。相手がその気になったら、この程度の腕力では、なす術《すべ》もなく押さえ込まれてしまうだけ、こうやって身動き一つできないまま犯されてしまうだけです」

こんな言動、一度として白石には向けたことがないだろうに――――そう思うと、鷹栖は落ち着きかけた感情が、再び荒立った。

「いいですか、次に私を怒らせたら、何をするかわかりませんよ。お金なんか貰わなくても、あなたは十分にそそる方だ。愛などなくても、怒りだけで抱くことも可能だ。それだけの魅力があることは、私も認めます。が、それだけに、手痛いお仕置きをされたくなかったら、少しは私の話も聞きなさい！　そうでないと、私はさっきの彼のような優しい男ではありませんから、容赦なくあなたを辱《はずかし》めます。それこそ、会社にも出てこられないぐらい、痛めつけますからね」

力には力でという理論で抑えにきているのはわかるが、それにしたって、これはないだろう!?　ここまでする必要はないだろう！　と思うと、鷹栖は奥歯をギリギリと噛み締めた。

「わかりましたか？　わかったら、この瞬間からは、社長になることだけを考えなさい。性欲に関しては、しばらく自分で処理。それぐらいのことが我慢できない男に、NASCITAは任せられません。たとえ朱音さんがあなたを推したとしても、この私が認めませんから、そのことだけは頭の中に叩き込んでおきなさい」

完全に手も足も出ない鷹栖を見下ろし、野上は勝ち誇った顔をした。鷹栖を解放したときには、余裕の笑みさえ浮かべて、乱れ落ちた前髪を、わざとらしくかきあげた。

「今夜は帰ります。急ぎの件は、方城のほうが詳しいらしいので、そちらに聞きます。なので、専務は風邪を引く前に、どうぞお着替えください」

そうして、荷物と書類を手にすると、未だにソファに倒されたままの鷹栖を尻目に、とっととリビングを立ち去ろうとする。

「あ、髪を乾かすのも、忘れないでくださいね。それでは、失礼しました」

それでも、最後の最後にまだ嫌味を言い残して――、鷹栖は野上の性格の悪さを目の当たりにすると、ソファに置かれていたクッションを摑み、リビングの出入り口へ投げ付けた。

「っ…っ、んの、野郎!! 誰がお前の思い通りになんか、なるかよ! 会社は会社で、個人は個人だ。人の性生活にまで口を出す秘書がどこにいる! 一度原田の爪の垢でも煎じて飲みやがれ、このド変態のド鬼畜が!!」

一つでは到底気が治まらなかったのか、手当たり次第に投げていった。

「だいたい、何が性欲は自分で処理だ。三十過ぎて、誰が自慰なんかしたいもんか。だったらお前は、自分でやってるのかよ? あ!? やってるなら、見せてみやがれ、笑ってやるからよ!!」

三つ、四つ、五つと、とにかく手を伸ばして届くところにあったクッションはすべて投げ、思いつくままの文句を叫びつくす。

「はぁっ、はぁっ、痛っ…。信じらんねぇ、あの馬鹿、容赦なく踏みつけやがって…っ。人のものだと思って…、くっそぉっ」

だが、わずかでも感情が静まると、股間を押さえて、肩を震わせた。

「いつかやり返してやるから、見てろよ。ってか、ここまでしといて、選挙に負けようものなら、ただじゃおかないからな」

痛いとの荒っぽいのは大嫌いだと言うだけあって、鷹栖はしばらくその場から動けなかった。

「っ…痛っ…もう、二度と深夜に仕事は受け付けないからな」

動けなかった分だけ野上への私恨は募り、東へは愛着が募った。

そして、その足で方城の元へと向かった野上は、治まりきらない怒りを彼にぶつけた。

「五年も傍についていながら、お前はこれまで専務の何を見てきたんだ！」

「そんな、プライベートまで管理し切れませんよ。っていうか、するつもりもないですし、俺と野上先輩を一緒にしないでください。俺は専務が大好きですが、やるなら女がいい男です！」

しかし、あの専務に、この秘書は付き物だった。

『――――そういう意味じゃないだろうに。駄目だ、これは』

白石の元から鷹栖の元へと回された野上は、初日からひたすら頭を抱えることになった。

＊＊＊

方城が予想を立てたとおり、五月に入った最初の土曜に、臨時の株主総会は開かれた。

場所は、都内でも有数の大宴会場を持つシティホテル、マンデリン東京。その大広間に席を設け、総会は午後一時からのスタートとなった。

「それにしても、急だったな。社長の体調を考えれば、不思議はないことだが、だとしてもCEOの候補者には驚いた。義岡力といえば、米国では名の通ったCEOだろう？　日本でも、去年倒産寸前だった、下着メーカーを持ち直したっていう」

「ああ。それも、二社を立て続けだ。一社目はわずか三ヶ月で、二社目も半年間での超スピード立て直しだ。神がかり的だと言ってる者も、多いぐらいだ。経歴の中には、米国の大手食品会社・サンマルクフーズもあるし、報酬はそれなりに取るらしいが、だとしても、NASCITAより大規模な会社も手がけたことがある、スーパーCEOだ」

「しかも、二社目のほうの契約は、去年の暮れから、今月いっぱいまでだそうだから、六月一日に切り替えというのに、条件も上手くあって、それで今回の候補者に、名前を連ねたらしい」

「────とはいえ、どんなに素晴らしい経営手腕を持っている男でも、NASCITAは倒れかけているわけじゃない。トップを引き継ぎ、引っ張っていけるであろう人材もいる。いくら白石社長が用意した最高経営責任者とはいえ、ここにだけは譲りたくないよな」

「うん。やはりここは自社の人間で決まってほしい。この三人の中から決まってほしいよな」

「鷹栖取締役専務に、筒井取締役常務。でも、やっぱり本命は、白石支社長か？」

「力は鷹栖専務のほうがあるとは思うが、いろいろ難しいな、これに関しては」

開会に先駆け、株主たちには白石辞任のいきさつと、次期社長選出についての詳細が認《したた》められた書面が送られていた。書面の中にはすでに候補者四名の名前も記され、当日参加不可能な株主は、返信用に同封されたハガキにて、この四人の候補で了承するか否かという賛否を、投票する仕組みになっている。とはいえ、株主総数二千五百二十三名中、四百九十七名は自社株を持つ役員や従業員。この社員だけで80%の持ち株を占めるNASCITAとあって、ハガキで返答をしたのは、遠方の者や仕事が休めない者、一般の少数株主や、よほどの事情があるものに限られた。

そのため、総会には一千人近くの株主たちが足を運び、直に白石の話を聞き、候補者たちの演説を聞き、四週間後に再び行われる社長選決議への参考とすることになった。

当然のことながら、この場にはワシントンから帰国した白石の叔父、ワシントン支社長を務める白石大悟や、フリーのCEO・義岡力も姿を現していた。

「と、噂をすれば、影だ。支社長が見えたぞ。息子さんの取締役や、取り巻き連中と一緒だ」

「やっぱり貫禄があるな」

「うわっ。鷹栖専務に声をかけにいったぞ。宣戦布告か？」

「こうなると、あっちで世間話をしている筒井常務とCEOが、ひどく穏やかに見えるな」

周囲がざわつく中、白石支社長は、場内に入るなり、鷹栖の元へと向かった。

鷹栖は野上と共に、待ち構える。

「久しぶりだな、鷹栖くん。ちょっと見ないうちに、少しは大人っぽくなったが、そろそろ二十七か、八ぐらいだったかな？」

白石支社長の子供じみた先制攻撃に、頭を抱えたのは、鷹栖ではなく野上のほうだった。

「おかげさまで、三十一です」

「――ふっ。それは、失礼。いや、若いっていうのはいいね。そう…、もう三十か」

『三十一だって、わざとらしいな。人を背伸びした子供でも見るような目をしやがって』

今更なことを言われて、なぜむきになる⁉

野上は、話を振った白石支社長にも溜息を吐きたくなったが、いちいち真に受けている鷹栖には、もっと溜息が出そうだった。が、稚拙な戦いは、まだ続いた。

「で、結婚は？」

「まだ考えておりません」

「それはいけないな。男は家庭を持って、一人前だよ。どんなに仕事ができても、それでは半人前だと思う株主も多いだろうに」

「あいにく私の妻はＮＡＳＣＩＴＡです。子供は社員です。今はこれで手一杯ですので」

「おやおや、余裕の無い」

「そうですね。現場にも頻繁に出向いていますので、どなたとかと違って、お部屋で印鑑だけ捺いていればいいというような、余裕はありません」

鷹栖も止せばいいのに、やりかえす。背後で野上が肩を落としているのにも、気付かない。

「っ！　そうかい。でも、君ならＮＡＳＣＩＴＡが妻だと言うよりは、自分がＮＡＳＣＩＴＡに嫁いだものでと言うほうが、受けがいいかもしれないよ。皆さんも、それはとても美しい花嫁が来たものだと喜んでくれるだろうし、何より数段控えめな印象になる。君は昔から謙虚という言葉を知らないようなのでね」

「なっ」

しかし、さすがに野上も、止めに入った。

「専務！　すぐに総会が始まりますよ」

取ってつけたような言葉で、鷹栖を白石支社長から、引き離した。

「お前な、今俺が何を言われたか、聞いてたんだろう!?　こんな侮辱を受けて、黙ってろって言うのか」

振り向きざまに声を荒げた鷹栖は、止めていなければ、殴りかかっていそうな勢いだ。

「それを言うなら、まずは男遊びをおやめください。無駄に色気ばっかり振りまいてるから、こんな時にNASCITAの花嫁だなんて、嫌味を言われるんですよ」

「こんな時に、嫌味を言ってるのは、お前だろう！」

「いえ、私が申し上げているのは、事実ですので」

それにも関わらず、野上にまでこのあしらい。鷹栖は血管の二、三本が切れそうになった。

『んのっ、一度ぶっ殺してやろうかな、この男』

ますます物騒な思考に走って目つきを悪くしては、遠目から見ていた方城を、ハラハラとさせることになった。が、これだけで終わらないのが、牽制し合う大人の世界。白石支社長は、尚も声をかけると、今度は野上を標的にした。

「それにしても、野上。まさかお前が鷹栖に付くとは思わなかったが、伊達《だて》にNASCITAの黒幕と呼ばれてはいないな。兄の後には、朱音。朱音のあとには、鷹栖。このままいったら、NASCITAはお前の会社だな」

「それは私のへ評価でしょうか？　でしたら、ありがとうございますと申し上げておきますが」

「ふっ。相変わらず、食えない奴だ」

「よく言われます」

鷹栖は二人のやり取りに、五十歩百歩という言葉を思い浮かべた。

「なるほどね。ところで、野上。お前ほどの男に、鷹栖では役不足じゃないか？　どうだ、いっそ私のところに来ないか？　優遇するぞ」

『何!?』

しかし、あまりに堂々と舐めたヘッドハントをされると、鷹栖の柳眉が吊り上がる。

ここで野上にお世辞でも、「そうですね」などと言われた日には、おそらくこの場で蹴り倒す。

野上に向かって「チェンジ」の一言で、秘書を方城に戻した後は、一生口も利かないだろう。

それぐらいの憤慨ぶりだ。

「それは、お誘いいただき、ありがとうございます。ですが、あいにく私は、まだまだ手のかかる方のほうが、性に合っているようなので」

「ようは、保育士は園児が好きと言うことか」

そんな鷹栖の殺気を読み取ってか、野上は心配して傍まで来ていた方城に目配せをすると、今にも噛み付きそうな鷹栖の口を塞がせた。

『なっ、何するんだ方城！』

「そうですね。下手に腹黒い大人よりは、好きかもしれません。素直で、誠実で、扱いやすい。何より元気でフレッシュで、先が楽しみですから。先が」

その上で、鷹栖が想像したとおりに「そうですね」と口にすると、白石支社長には、先ほど鷹栖が言われた分まで、まとめて言い返した。

「では、そろそろ着席したほうが良さそうですね。さ、社長。参りましょうか」

「！」

「あ、失礼しました。ついくせで。少し、気が早かったかもしれないですね、鷹栖専務」

野上にしかできないだろう痛烈な嫌がらせを口にし、満面の笑みを浮かべ、白石支社長の顔を引きつらせた。

『こ、こいつ、穏やかな顔して、性格悪〜っ』

『野上先輩、本性全開だな〜。そうだよな、こうでなきゃ、十年以上も社長秘書は、務まらないよな、十年以上は』

野上は、鷹栖や方城の顔まで、苦々しいものにした。

「もういいぞ、方城。さ、席に行きますよ、専務」

「シラッとした顔で、言うもんだな。腹黒い大人の見本を見たぞ、野上」

塞がれていた口を解かれた鷹栖の開口一番は、野上への絶賛だった。

「おかげさまで。伊達に〝黒幕〟だなんて嫌味を、言われ続けていないですからね。それより、専務。まさかこの中に、あなたの相手をした男がいるなんてことはないでしょうね？　今時なら副業で水商売をやっていてもおかしくない。こんなところで、正体がバレるのだけは、勘弁願いたいのですが」

こうなると、強力な助っ人なのか、足を引っ張られているのか、わからない。鷹栖に言えることがあるとしたら、社長選がどうこうするまえに、ストレスから胃に穴が開きそうだ。

「そんな馬鹿な男とは、付き合ってないって言ってるだろう。俺が身体を預けるのは、あくまでも公私混同はしない男だけだ。たとえこの場にいたとしても、秘めごとは明かさない男だけだ」

「なら、いいですが。くれぐれも忘れないでくださいよ。あなたはこれから私に社長と呼ばせる人だ。そして先ほどの支社長さえも従えることになる人なんですから、いいですね」

「わかってるよ」

今一度、辞表を綴って出しそうだ――ということだった。

『はぁっ。小うるさい舅《しゅうと》が付いたもんだ。いくら戦力になるとはいえ、先が思いやられるよ』

とはいえ、それでも総会会場において、秘書となった野上の効果は絶大だった。

「そうか、そうか。君がこの時期に、鷹栖専務の秘書にね…。ということは、三代続いて社長秘書を務めることになると思っても、構わないのかな？」

「それは、皆様のご支持をいただけたらの話ですが」

「――わかった。心に留め置こう」

「ありがとうございます」

ＮＡＳＣＩＴＡの黒幕、そう支社長に言わせただけの実力と知名度は、確かに鷹栖自身も、見せ付けられるものがあった。

『何はなくとも、白石社長の意向が一番っていう株主たちには、効果絶大だな。こうなると、一番腹黒いのは、野上じゃなくて、白石社長なんじゃ？　って思えてくる』

そうして二時間ほどの株主総会が終わると、鷹栖たち四人の候補者たちは、満場一致の賛成を受けて、次期社長候補として認められることになった。

「――筒井や他所者はともかくとして、目の上のコブは、やはり鷹栖だな」

「野上が付いた分、ハト派から票を流す人間も出てくるだろうしな。どうする、親父？　これを逃したら、次に社長の座は巡ってこないぞ。さすがに健康診断で引っかかったことが一度もないっていう鷹栖までが、病に倒れるなんてことはないだろうし、あいつの若さで社長になったら、次に交代劇があるのは、おそらく二、三十年後だぞ。親父どころか、俺だって、ＮＡＳＣＩＴＡの社長になんかなれない。認めるのは悔しいが、それだけの手腕が、あいつにはあるからな」

「だとしたら、そうなる前に潰すだけだ。鷹栖を候補から失脚させるだけだ。いいな、克。私は地固めのために、ワシントンへ戻るが、そのつもりで頼むぞ」

「ああ」

鷹栖は事実上直接対決になる白石支社長に疎《うと》まれながらも、これより四週間に渡ってさまざまな選挙活動に、勤しむことになった。


鷹栖が東の経営するホストクラブ、〝クラブ・クラウン〟に足を運んだのは、臨時の株主総会も終わり、まずはひと段落したその日の夜のことだった。

これからが忙しいときだ、今だからこそこういう場所への出入りは控えるべきだとはわかっていても、鷹栖はその前に、この一週間に溜まったストレスを吐き出したい衝動が、抑えられなかった。特に今日の総会会場で、これでもかという嫌味の数々を食らって得たストレスを解消するには、これしかない。ここで飲んで、騒いで、愚痴るしかないと判断すると、会社帰りに東に連絡し、そのまま店へ直行した。そうして鷹栖は店に着くと、一部の常連客だけが知る秘密口とも呼べる場所から、店内へ入った。一歩足を踏み入れると、そこには常に四十人から五十人のホストが勤める綺羅な空間がある。通ってくる客たちの笑顔と笑い声は、自然と鷹栖に活力をくれる。

「いらっしゃいませ、鷹栖さま」

「久しぶり、ユウキくん。寄らしてもらったよ」

「いらっしゃい。思ったより、早く顔を出したな。大丈夫なのか？　あの秘書のほうは」

鷹栖の姿を見ると、すぐに数人のホストたちと東が歩み寄ってきた。

「――平気、平気。いつもみたいに裏の喫茶店を抜けて、こっちに通してもらったから。たとえあの小うるさい秘書に後を尾けられていたとしても、まずわからないよ。直接店に入るところを見られなければ、どうとでもごまかせるしね」

「ならいいが」

鷹栖は東に誘導されると、その足でいつものＶＩＰ席へと向かった。

品と煌《きら》びやかさを兼ね備えた内装に彩られた〝クラブ・クラウン〟には、ゆったりと寛《くつろ》ぐことが可能な八十席分ほどのボックスシートと二十席ほどのカウンター席がある。そして店内の一面には、マジックミラーで仕切られた個室が四つほど用意されており、鷹栖が良く使うＶＩＰ席は、この中でも一番右角にある少人数部屋、ワンテーブルに六人程度が座れるＬ字型のソファが置かれた、キャンドルライトが目にも優しい一室だった。

「で、今夜はどうする？」

すでにキープしてあるボトルが置かれたリザーブ席に鷹栖が座ると、東はその隣に浅く腰をかけ、メニューを傾けた。ここまで二人のお供をし、待機しているのは、店内でナンバー４に位置するホスト、ユウキと呼ばれた従業員だけだ。

「いつもと一緒でいいよ」

「食事は済ませたのか？」

口調は対等だが、東の姿勢には、お客様と従業員という隔てがしっかりとあった。

「ストレスでおなかいっぱい」

「なら、軽いものでも頼んどくか？　悪酔いすると困るからな」

「任せるよ。ここのシェフの腕は信用してるから」

「ＯＫ。ユウキ、いつもと同じで頼む」

メニューは用意されても、ほとんど見ない。そんな鷹栖からオーダー取ると、東はユウキに指示を出した。

「かしこまりました」

「あ、ユウキくん。ダミーでボトルの一本も突っ込んで、その分みんなでチップにして」

鷹栖は慣れた口調で追加をオーダーする。が、これは現金を出す代わりに、鷹栖がよくやる気遣いだ。普通にテーブルで頼めば、売り上げの六割は、歩合として指名されたホスト、この場合は東へいく。だが、それとは別に伝票上だけでボトルをキープし四割を店へ、六割をチップとして従業員たちに配るのだ。

「ありがとうございます。いつもすみません」

「こちらこそ。頭割りしたらビビたるものだけど、いつも良くしてもらう、お礼だから」

簡単なやり取りを終えると、ユウキはその場を離れていく。

「悪いな、奴らにまで、気を遣ってもらって」

東もこの時ばかりは、店を仕切るオーナーとして礼を言う。

「それ以上に、気を遣わせる客だからな、俺は。これぐらいしておかないと、気軽に東を呼び出せないよ。何せ、いつも店のマネージャー件オーナーを、振り回してるんだからさ」

そう言って笑う鷹栖に、東も笑顔で応える。

「でも、ここは相変わらず客の入りがいいよな。質の割に低料金から楽しめる上に、勤めるプレイヤーが上質っていうのもあるだろうけど、やっぱり東の仕切りがいいのが一番の理由かな？　いつ来てもメインフロアは満席に近い。さすがにＶＩＰは使う客が限られてるから、電話一本で押さえられるみたいだけど――――、普通に来たら、入れないんじゃない？」

と、一息ついたように、鷹栖が言った。その視線は、ミラー越しに眺めることができる、店内へと向けられている。

「おかげさまで。うちは客に恵まれているからな。愛を筆頭に」

「そういう切り返しが気持ちいいから、また来ちゃうんだろうな。いっそ、うちの営業に来ないか？　アルバイトでいいからさ。優遇するよ」

「馬鹿言えよ。色気は売れても、小難しい機器なんか売れないよ」

「そうか？　東なら知識も広いし、教養あるし、けっこうなんでもやれそうだけど…。っていうか、普通に医療関係にも強いし、特に医薬品とか」

「そりゃ、お得意様に話を合わせるのに、日夜勉強してるからな。けど、部下になったら指名がかからなくなりそうだから、やっぱり俺はこれでいいよ。どんなにいい待遇でヘッドハントされても、こうやって一緒にいられる時間がなくなったら意味がない。ＮＡＳＣＩＴＡの次期社長は、決して社内恋愛なんて、してくれそうもないからな」

「上手いよな、逃げるのも」

「口が身上なんでね」

何気ないやり取りだけで浮かべる鷹栖の笑顔は、決して会社では見られないもの。東も寛ぐ鷹栖を横目に、満足そうだ。

「お待たせしました」

そんな短いやり取りをしていると、ユウキが冷えたピンクラベルのドンペリニヨン・ロゼとシャンパングラス、そしてブランデーグラスを運んできた。

「ありがとう」

「もういいぞ、ユウキ」

「はい。では、ごゆっくり」

東はそれらをテーブルに置かせると、他は何もしなくていいと目配せをして、その場を去らせた。自らボトルを手に取ると、栓はあえて音を立てずに引き抜いていく。

「愛」

「あ、ありがとう」

磨きぬかれたシャンパングラスに、冷えたドンペリニヨンが注がれる。

フロアでオーダーが入れば、にぎやかなドンペリコールがかかるところだが、それはＶＩＰを選ぶ鷹栖には、不要なサービスだ。落ち着いた環境を提供することのほうが喜ばれることもあり、東は鷹栖が要求しない限り、余計なヘルプホストを席へは呼ばない。こうして二人きりのスペースで、二人きりの時間を過ごすだけだ。

「それじゃあ、あらためて。一週間ぶりの再会に乾杯」

「乾杯」

鷹栖はグラスとグラスを合わせると、渇いた咽喉を潤すように、一気に飲み干した。

「そういや、湯冷めして、風邪引かなかったか？」

二杯目を注ぎながら、東が問う。

「そっちこそ。この前は、本当にごめんな。ったく、あいつが堅物だとは知ってたけど、まさかあそこまでとは思ってなかったよ。あれから、えらい目に遭ったんだ」

注がれた傍から飲み干していく鷹栖のピッチが、いつにも増して早い。東は鷹栖の飲み方を見ると、今夜は荒れるな、と覚悟した。

「たっぷりお説教でもされたのかよ？」

「されたなんてもんじゃないよ。まるっきり、子ども扱いだよ」

案の定、鷹栖は口火を切ると、先週東と別れたときから、今日のことまでを、あれこれと愚痴り始めた。と、途端に、穏やかだったムードは一転。話の間にシャンパンからブランデーに切替わり、出された軽食を勧められるまま口にしたが、鷹栖はそれ以外、ほとんどしゃべり通しになった。それこそ東から見ても、ここまで鷹栖が愚痴を零すのも珍しいな、と感じるほどで、しかも、それにしたって？　と東が首を傾げたのは、出てくる愚痴の内容が、ほぼ一点に絞られていたことだった。

「んと、失礼な話だよな。何がNASCITAの花嫁だ。ふざけやがって。気分が悪いったらありゃしないよ。だいたい野上はさ、昔から社長溺愛で、朱音さん朱音さんって公私混同してきた奴なんだよ。そんな奴に、俺が私生活をどうこう言われる筋合いなんて、どこにもないって」

一週間もあれば、さぞいろんなことあってもおかしくないだろうに、今夜の鷹栖の愚痴は新しい秘書、野上を名指したものばかりだったのだ。

「こんなにうるさく言われるなら、方城とチェンジなんかするんじゃなかったよ。方城は鬼みたいに人使いは荒いけど、俺の私生活には触れてこない。用意したスケジュールさえこなしておけば、会社から一歩外に出た俺には、一切干渉しない。なのに、野上の奴は、一から十まで、言うことを聞かそうとするんだ。しかも、開き直ったように、あんなことまでしやがって」

「あんなこと？」

これは、会社だけじゃなく、何かあったな？　と、東は確信した。

「――――なんでもない。こっちの話」

『さては、痛い脅しでも食らったな。やっぱり、着替えさせてから、帰るべきだったか。さすがに最後までやられたって顔はしてないが…、あそこで二人きりにしたのは、俺の失態だな』

おそらく鷹栖の機嫌を最も損ねたのは、先週東が野上とバッティングした、自宅での件だろう。

東は今になって後悔を覚えると、多めに含んだ酒を、ゴクリと飲み込んだ。

「ならいいが、実は必要以上に意識させられてるんじゃないだろうな、あの秘書に」

空になったグラスに手酌で酒を注ぐと、様子を窺うように言った。

「は？　どんな意識だよ。うっとうしいだけだって」

鷹栖の憤慨は増すだけだった。東はそれを見ると、少し安心する。

「でも、今は追っ払うわけにはいかないんだろう？　社長選があるから」

「だから腹が立つんだよ！　幸と不幸は紙一重って、こういうことだ」

酒を飲んで愚痴る姿は年相応だが、こうしてむきになるところは、やはり東にも子供っぽいと思わせる。が、普段の態度が態度だけに、これが意外な効果を生む。公私の切り替えがよく、遊ぶときには遊ぶと徹している鷹栖の愚痴は、ストレートでわかりやすい。たとえ悪口罵詈の限りを尽くしても、その口調に皮肉っぽさや嫌味がないことから、単純に「お疲れ様」と言ってやりたくなる。世話好きな者なら、自然に頭のひとつも撫でてやりたくなるだろうし、「これぐらいなら金なんか貰わずとも、いつでも聞いてやるから」と、つい言いたくなるほどだ。

が、これこそが鷹栖と付き合う上での、落とし穴だ。

「とはいえ、うるさいはうるさいけど、有能なのが、一番腹が立つ」

「有能ね…」

結局のところ、東はこれまでに、何をするにも必死、精一杯な姿を惜しげもなく見せる鷹栖に嵌《はま》って、仕事が仕事にならなくなった同業者を何人も見てきた。それも、他店でナンバーワンと呼ばれるような者ほど嵌っていくことから、鷹栖はホスト仲間では「ナンバーワン殺し」の異名さえ持っている。内実を知らない者たちからすれば、単なる魔性の男とされているが、ある程度付き合ったことのある者には、失笑を誘うばかりの存在だ。鷹栖こそが、関わったホストたちにとっては、手に入れたくても入らない玉座、たった一つの王冠なのだ。

「野上はさ、確かに舅みたいにうるさいんだけど、俺に余計なことは一切させないんだ。時間運びに無駄はないし、やることなすこと完璧だし。おかげで以前にも増して多忙だけど、思ったより疲れてない。一週間一緒に動いてみたら、頭じゃなく身体のほうが、こいつは楽だ。使えるって、あっさり認めちゃうような、仕事をするんだよ」

それだけに、遊びを逸脱して本気になれば、鷹栖は逃げる男だった。実際これまでに誰を相手にしても、逃げ続けてきた。それは、自分の物言いがきつくて、わがままだということを、鷹栖自身が誰より理解しているからで、ようは、好きなときに好きなだけわがままをぶつける代償としてお金を払っていることが鷹栖の安心を作っている分、無料奉仕を申し出されることほど、敬遠を生むのだ。

「ただ、気が回りすぎるっていうのか、余計なお世話だっていうのか、本当に俺の日中のスケジュールを見るだけで、こうした夜の予定まで予想してくるんだ。今夜だって、帰り際になんて言われたと思うよ。専務の連れはNASCITAなのでしょう。でしたら、他所で浮気してる場合じゃないですね、即日離婚されますよ！　ときたもんだ。んとに、ぶん殴ってやろうかと思った。あんなに嫌味を嫌みったらしく言う男も珍しいぞ。しかも、鬼畜でドSだし」

これだけの容姿に、これだけの魅力。それを独占できるだけで、なんでも許してくれる者は多いだろうに、鷹栖はそれを利用することを知らない。口ではなんとでも言うくせに、他人を上手く手玉に取ろう、男を虜《とりこ》にしようということは、いっさい考えようともしない。

そうして考えると、東は鷹栖の素直さが生む不器用さが、愛しく思えて仕方がなかった。

本人は金で代償を支払っているつもりだろうが、普段から勤める者に対して見せる自然な気遣いは、時として、落とす金より相手を喜ばせる貢物だ。なんでもないように見せる笑顔や、心からの「ありがとう」は、それだけで席に付くことのないホストたちをも魅了する。

「愛」

だが、だからこそ東は、不安になることがある。

「何？」

「間違っても好きになるなよ、あの男」

鷹栖は、いつまで自分を必要とするだろうか？

「え？」

「いや、俺といるときに、ここまで他の男の話をされたのは、初めてだからな。ちょっと心配になったんだ。もちろん、俺にやきもちをやかせたいって作戦なら、受けて立つけどな」

こうして東に甘えて、心身の癒しを求めに来るだろうか？

「ふっ。なんだよ、それ。俺が野上を？　ありえないって。しかも、じゃあねって言って、別れた瞬間から他の客のことを考えるような男に対して、やかせるやきもちなんて、俺には持ち合わせてないよ」

今は公私を隔てることで、鷹栖は自身のバランスを取っている。もっとも身近な社内に、恋愛感は持ち込まない、仕事以外では極力接点を持たないことで、常に上に立つ者としての自分を維持することに徹底している。

「でも、こうしているときだけは、俺に夢中にさせたいから、小うるさい秘書のこと愚痴るのは、悪くないかもな」

だが、いずれはそんな鷹栖の素顔に、気付く者は出てくるだろう。気付くだけではなく、愛しく感じる者も現れるだろう。むしろ今現在、そういう者がいないことが不思議なだけで、いたとしても、きっと鷹栖が受け止め切れずに無視しているだけで、いずれ収まるところに収まれば、公私共に居られる相手が出てくるかもしれない。

そんな予感が絶えることがないから、東は不安になる。

「ふざけろ。許さねぇよ、そんなこと」

「ははっ」

この不安を消すには、どうしていこうか？　と、日々作戦を練ることになる。

「愛」

東は、適度に酔ってきた鷹栖の顎を掬うと、人目がないのをいいことに、軽く口付けた。

「――――何？　珍しいな。店でこんなちょっかいをかけるなんて」

「最近、以前にも増して、お前が可愛くてしょうがないんだ。なんでだろうな？」

ふざけた口調で本心を語った。

「それは新手の口説き技か？　それともニューボトルの催促か？」

「そうじゃないって。たまには、素直に受け取れよ。これは料金外だ」

他のホストたちが踏み外した跡を辿らないよう、ギリギリのところを、探りながら歩く。

「なら、あとで倍になって請求されそうだけど、今はありがたく受けておくよ」

「毎度あり。次はピンクじゃなくて、ゴールドで乾杯しような。取り寄せておくからさ」

「げっ。やっぱりそうじゃないか。この商売上手め」

そうして適度なところで、しっかりと強請る。通称ゴールドと呼ばれるドンペリニヨン・レゼルヴ・ド・ラベイは、高価である以上に希少な酒だ。だが、こうすることで、鷹栖はホッとした顔をする。強請られた分だけ、甘えていいものだと判断し、自然と東に寄りかかる。

「あーあ。みんな、東ほど扱いやすければいいのにな」

東は、両手でグラスを抱えてチビチビと酒を飲む鷹栖を抱き寄せると、少し癖のある柔らかな髪を、誘うように撫で付けた。

「そうはいくか。これでも努力してんだ。ずっとお前に呼ばれるために」

「なら、もっと努力して。好きなボトルを入れていいから、今夜はこのまま跳ねろよ」

まんまと乗せられていることにも気が付かず、鷹栖は東に、またわがままを言ったつもりになっている。

「しょうがないな。なら、先に部屋に帰っとけ。一緒に出たいのは山々だが、今は俺みたいな男とは、行動しないほうがいいんだろう？」

もったいぶって応えてやると、満足そうな笑みが浮かぶ。これだから、東は鷹栖と絡むのがやめられない。どんなに都合のいい男を演じても、決して手放せないと思ってしまう。

「別に誰に見られたところで、ただの知人ですって言い切る自信はあるから、いいんだけどな」

鷹栖は、東がどうして今の店を持ち、他の客から指名をスルーできる立場に身を置いたのか、深く考えた事はない。

「嘘発見器でも、お前の嘘は見抜けねぇもんな」

「おかげさまで。誰かさんの、何があっても変わらない顔色ってやつを、長年見てきたからな。会社では真似させてもらってるよ」

それどころか、どうしていつ来ても満席になっているような人気のクラブで、必ず同じ席がキープできているのか、その店のオーナーを独り占めできているのか、それも深く考えたことがない。たとえ東の同業者や、従業員がしみじみと考える事があっても、鷹栖本人が考えない。だから、こんな関係は九年も続いている。

「可愛くねぇの」

「さっきは可愛いって言ったくせに」

東は、鷹栖が変わらない限り、こんな関係はまだまだ続くんだろうな、ここから更に十年もすれば、東という男の価値や本心に気付くかもしれないが、それまでは当分は続くんだろうな、とも思っていた。まるで鷹栖が東に対してそう感じているように、東もまったく同じ思いではないにしろ、鷹栖に合わせて、そう感じ続けていた。

「あ、やられた。前言撤回。何してもお前なら許す。めちゃくちゃ可愛い」

「馬鹿、わざとらしいって。そんなことよりこれで会計して、ついでにタクシーも呼んどいて」

そうして今夜も鷹栖の元へ行くことを約束すると、東はクレジットカードを預かり、一足先に席から立った。

「わかった。ちょっと待って……っ！」

一瞬、毛足の長い絨毯に足を取られ、東が身を崩す。

「東？」

「お前の色気に当てられすぎて、酔ったかもしれない」

躓《つまず》いた恥ずかしさからか、東が額に手を宛がう。

「馬鹿言ってるよ。年じゃない？」

鷹栖は、とくに何でもなさそうなので、軽い冗談で済また。

「誰が年なんだよ。あとで俺の若さを思い知らせてやるから、後悔するなよ」

「なら、期待して待ってるよ。荒っぽいのは、いやだけどね」

その後は会計を済ませると、鷹栖を送ってビルの中通路を通り抜け、クラブとは反対側に店を構える喫茶店まで見送った。

「じゃあな」

「あとでね」

しかし、鷹栖が何事もなかったように一人で喫茶店を通り抜けると、店の中にはそれとなく自分を見る、会社帰りのサラリーマンが居ることに気が付いた。

『あれ？　普段は見ない顔だな。っていうか、ここでは見ないが、社内では見たことがある顔じゃないか？』

しかも、店の外でタクシーへと乗り込むと、その反対車線に、見慣れた漆黒のベンツが止まっているのに気が付いた。運転手は、変装のつもりか、サングラスをかけている。

『げっ！　野上？　ってことは、さっきの奴は間違いなく、克の部下ってことか？』

見ようによっては、ヤクザかと思える野上のほうが、鷹栖にはよほど問題に思える。

『ライバル潰しに、スキャンダルでも狙い始めたか？　そろそろマジに自主規制は必要だな。少なくとも、社長就任までは』

それでも、今夜は気付かないふりをして、車を出してもらった。携帯電話を取り出すと、お決まりの番号に発信した。

「あ、東。ごめん、ちょっと急な仕事が入った。今夜はキャンセルするよ。また、次のときに頼めるかな？　ん、すぐに連絡するとは思うけど。じゃあ」

鷹栖は用件のみを伝えると、通話を切って、溜息を吐く。だが、そんな鷹栖を見送ると、野上は静かに車を出した。

『あれほど言ったのに、困った方だ。用意周到なのはわかるが、バレバレだ』

八階建てのビルの反対側へと車を回すと、華やかな装飾の看板が掲げられている。

『新宿界隈に通いのクラブは、常に十数件。だが、途切れることなく通い続けているのは、元・硝子の月のナンバーワンホスト、東明がオーナーをしているという、この一軒だけだ。ということは、ここがおそらく専務のホームグラウンド。あの時鉢合わせた男が、本命ってことか』

野上は車を停めると、スーツの内ポケットから、携帯電話を取り出した。看板に書かれた店の番号を確認すると、手際よく押して、控えていった。

5

こんなことをしたと知れれば、鷹栖が激怒することはわかっていた。だが、今後を危惧した野上が〝クラブ・クラウン〟に電話を入れ、自ら東の指名をし、そして鷹栖が訪れないことを確認した上で、店まで出向いたのは、それから数日後のことだった。

「いらっしゃいませ。お一人ですか？」

「野上と申しますが、東さん、オーナーは、いらっしゃいますか？」

「お話は伺っております。こちらへどうぞ」

野上が東を訪ねたわけは簡単だった。自分はお供をしたことがなかったので、わからないことだが、おそらく先代社長とは面識があると思われる東に対し、今の鷹栖が置かれた状況、そして現社長である白石と先代社長の希望、また今後のＮＡＳＣＩＴＡの行く末を説明した上で、最低でもこれから半年間は、鷹栖と会うのはやめてくれ。できることなら、完全に切れてほしいと、率直に願い出るためだった。

しかし、そんな野上をＶＩＰ席へ通すと、東は冷えたドンペリニヨンを差し向け、今夜も笑みを浮かべていた。ただし、野上を客として迎え入れたわけではないという態度は見え見えで、東はどっかりとソファに腰を落ち着けると、長い足を組んだ。その上煙草までふかして、先に野上の用件のすべてを聞くと、返した第一声がこれだった。

「あんた、あいつを甘く見すぎてるんじゃないか？」

艶やかで甘い風貌の中で、一際鋭く光る眼差しが、野上に向けられた。

「甘く見すぎてる？」

「そう。あいつは決して安くはない俺を、何年も自由にしている男だぞ。っていうことは、それだけの稼ぎを、自力でたたき出してきた奴だってことだ。はなから仕事と馴染みのホストなんて、秤《はかり》にもかけてない。ちゃんと引き際も切り時も弁《わきま》えている。出世の邪魔になると思えば、今日からだって俺と距離を置く。それが、普通にできる奴だ。だから先代の社長は、あいつを気に入り、可愛がった。今より若造って頃から、NASCITAの幹部にまで、取り成した。あいつにあるのは才能や手腕だけじゃない。目標を立てれば、初志貫徹できるだけの根性もある。そうでなければ、一度は悪徳ファンドから敵対買収をかけられたNASCITAが、こうして社長選がどうこうなんて言ってられない。あのときNASCITAを死守できたのは、愛の機転や飛びぬけた実行力もあるが、一番評価されるべきところは、相手が引くどころか、後悔するまで徹底的にやり返す執念だろう？　違うか？」

「——……」

サラリと、それでいて力強く言い切る東に、野上は返答に困った。強いて言うなら、自社の人間でもない東に、こういう切り返しを受けるとは思っていなかった分、黙るしかない。

東は、煙草を灰皿に押し付けると、代わりにシャンパングラスを手にして口付けた。

これだけの仕草が、視線を誘う。東は野上から見ても、魅力を認めざるを得ない男だ。ルックスや色気だけを売りにしているホストというイメージを覆《くつがえ》し、品や知性も自然と感じさせる。

東は、黙り込んだ野上に溜息を吐くと、グラスの中身を揺らしながら、話を続けた。

「ただ、それは別として、先代がなんで秘書のあんたにも言わず、入社したての頃から鷹栖にこんな場所での遊びを教えたかっていったら、あの潔さと嘘の吐けない性格が災いするのを、心配したからだ。いずれ社内派閥の闘争に巻き込まれるのは、目に見えていたし、夜の世界に出入りさせることで、人が持つ表と裏の顔の見分け方っていうのを、自然に学ばせたかったからだ」

口にはしないが、おそらく野上が気になっている、知りたがっていると思える話を、説明し始めた。

「あとは、いざってときに、変な色仕掛けにあって、自分を見失わないようにっていうのもあったな。そうでなくても、入社したての頃の愛には、隙あらばって男が、呆れるほどいた。なのに、当の本人が気付いてない。それどころか、うっかりホテルに連れ込まれても、相手の本心が読めなくて――――、周りが阻止しなければ、どうなっていたかわからないなんていうのも、ざらにあったって話だ。だから、先代は店に来たときに、誰か少し教えてやってくれないか？　と言ってきた。できるだけ傷つけることなく、自分に向けられている男の視線の良し悪しが、見分けられるようにしてほしい。あとは、いずれ好きな人間ができても、流されない。流されるうちに、仕事とのバランスが取れずに苦悩することがないよう、少し鍛えておいてくれって」

「先代が…？」

野上は、今になって知るような先代の思惑ではないはずなのに、言われてから気付く驚きに戸惑った。思い浮かべてみれば、昔から鷹栖のフォローをマメにしていたのは、普通に女性の恋人

がいた朱雀、役職が付いて秘書を持つようになったときに選ばれたのも、どちらかと言えば女好きな方城、それ以外を思い浮かべても、確かに鷹栖の周りにいたのは、先代の息がかかった人間ばかりだった。場合によっては筒井だって、さりげなく鷹栖のフォローに当てられていたのか？と思える。となると、この先代の気の配り方には、やはり驚くしかない。

「過保護って言えば、過保護だよな。けどま、それぐらい大事に育てたい、後継者だったんだろう。実の息子は研究員で、わが道を行っている上に、経営のほうには無関心だ。かといって、血の繋がらない弟とは、基本的に経営方針が合わないから、そこには譲りたくない。そんなときに飛び込んできた将来有望な若手だったわけだから、そら先代も愛に期待したってことだ」

ただ、それだけに野上は、なぜそこまでしてきた先代が、東のように危険な男を敢えて鷹栖にたきつけたのかが、わからなかった。理由を説明されても、理解ができなかった。

「だからあなたは、専務と関係を持ったんですか？　先代に頼まれたから、専務自身が好きだったわけでもないのに、付き合った上に、客にして貢がせているんですか!?　今だに！」

返した野上に、どこからともなく、怒りが湧き起こる。

「あんた、ホストに向かって、変わったこと聞くな。人によりけりだとは思うけど、客と寝るのに、本気で惚れてどうするよ？　ましてや、俺が本気になったら、愛は仕事にならなくなるかもしれないぞ。それこそ、寝ても覚めても東、東になっちまって。けど、そうなって困るのは、俺よりそっちじゃないのか？」

「——っ」

東にぐうの音も出ないようなことを言われても、この憤りは治まらない。

これでは鷹栖が先代の思惑のためだけに利用されているようで、次期社長にするためだけに、恋愛観までコントロールされていたようで、野上はそこに憤りを覚えると、奥歯を嚙み締めた。

自分だって、鷹栖を社長に持ち上げるためとはいえ、今だけでも公私のすべてをNASCITAに捧げろと迫っているのに、それを自覚して尚、野上は東の話に憤っていた。

「それに、確かにそういういきさつがあって、最初は俺もあいつを口説いたが、他にだって仕掛けたホストは、山ほどいたんだ。けど、その中で俺を選んだのは、愛自身だ。俺はあいつに選ばせることに成功し、その後も気に入られているから、こうなってるんであって、なんの努力もせずに、今日まで関係を続けてるわけじゃないからな」

しかし、そんな野上の顔を窺いながらも、東は話を続けた。

「そういうところでも、あんた、あいつを舐めるなよ。あいつは支払いに見合わない男と、ずるずる付き合うほど、馬鹿じゃない。ましてや、俺はあいつに、ある程度は男の見分け方を教えてやった。男がどうやって男を口説くのか、その手の内だって、大方見せてやった。その上で、それとなく交わす方法も、予防線を張る方法も全部教えてやって。ここだけは、先代が希望したように、あいつ自身が足を引っ張られるような人間にだけは捕まらないようにって、懇切丁寧に躾けてやったよ」

咽喉が渇くとシャンパンで潤し、淡々と話し続けた。

「もっとも、そういう流れだからな。最初にスーツの脱がせ方からネクタイのはずし方、自分の悦ばせ方から相手の悦ばせ方まで仕込んだのも、この俺だ。本人は仕込まれたとは思ってないだろうが、いかに男と本気で遊ぶか、快感に溺れることなく、セックスだけを楽しむかってことを、あいつの身体と精神に叩き込んだのは他の誰でもない、この俺だ」

空になったグラスを軽く振って見せると、意味深に笑う。東は野上を煽ることはあっても、鎮めようとはしない。

「でも、それを良しとし、受け入れたのは、結局愛自身だ。あいつが、何はなくとも、仕事が第一っていうポリシーに対して、これがもっとも都合がいい遊び方だと判断したから、生まれた結果だ。ま、ホスト相手じゃ金はかかるし、聞こえは悪いが、本人にとっては気が楽なんだ。それでいいじゃないか、今はまだ」

「――――今はまだ?」

「いずれ落ち着き、ゆとりが出れば、愛は金のかからない相手を探すタイプだよ。自分の中にこれって理由がなくなってまで、こんな遊びを根っから楽しめるタイプじゃない。性欲には従順だが、淫乱じゃない。セックスにしたって、それそのものが好きなんじゃなくて、たんにスキンシップがほしいだけだ。見た目によらず寂しがりやだからな、四六時中構ってくれるような相手が現れれば、案外それで済むだろう。それこそあんたが、この前みたいにプライベートでもちょっかいをかけてやれば、あいつは即日だって、あんたが望むような、仕事だけをする人間になるかもしれないぞ」

東は皮肉ったように言うと、空のグラスをテーブルに置き、手酌で再び満たしていく。

「っ、専務があなたに言ったんですか？　あの夜のことを」

野上が思わず身を乗り出すと同時に、手にしたボトルをテーブルへ戻す。

「愛は、俺には隠し事はしないんだ。たとえあんたが愛のプライベートを知らなくても、俺はあいつの社内事情まで全部知っている。そういうことだ」

「なるほど、伊達に九年も付き合っているわけではないですね。大した信頼だ」

「それがなきゃ、こんな危険な遊びは、続かないだろう」

東は再び手にしたグラスを野上に向けると、乾杯の真似ごとをしながらきっぱり言い捨てる。

「遊び？　遊びですか？　確かに、そういう風に洗脳された専務にとっては、自分があなたのところに通う、また通わせることを遊びと錯覚し続けているかもしれません。ですが、絶対的な信頼にセックスが伴うことを、人は〝愛〟って呼ぶんじゃないんですか？　あなたにとっても、専務にとっても」

「――あいにくだな。俺たちはそういうのを、仕事って呼んでるんだよ」

どこまでも余裕のある笑みは、崩れることがない。

「仕事ですか？　少なくとも私には、あなたが私を敵視しているように見えますが？　同業者でもない私を、まるでライバル視するように」

これまでに、多くの人間と接してきた野上ではあったが、ここまで〝こいつは曲者だ〟と感じる男はそうそういない。

「だったらそれは、今後の自慢の種にでもしてくれ。俺が素で警戒するほど、あんたがいい男だってことだろうから。ただし、愛にとってはしょせん社長の男、社長からの借りもの秘書であって、自分には関係のない男。選挙が終わったら、さようならって男だとは思うがな」

「………っ」

ここに来て、返す言葉を失ったのは、何度目だろうか？

野上は自分でも納得していることを言われて、ここまで感情が高ぶることもないなと思う。

「本当のことを言われて腹が立つぐらいなら、少しは会社だとか社長一族の希望だとかってことじゃなく、愛本人を見て仕事してやれよ。そうでなければ、仕事の管理はできても、心の管理まではできない。あいつはそもそも自分を信じようともしない人間を、信じるほどお人よしでもない。多分、あんたが俺にこんなことを言いに来たって知ったら、まず失望するだろうな。ただしあんたにじゃなく、信頼を得られていない自分自身に」

「―――!!」

東が放つ言葉の端々から、鷹栖の秘書としては失格だと仄めかされて、打ちのめされる。

「ま、あいつを俺と会わせたくなかったら、あいつ自身に余計なストレスはかけないことだ。それさえなければ、あいつはこんな大事な時に、自分から危険なマネをすることはない。そういうけじめは誰より強い」

「あなたが、そう仕込んだからですか？」

野上は、ここまで触れることもなかったシャンパングラスに、とうとう手を伸ばした。

「もともとあいつが、そういう奴だからだ。俺は遊びは教えたが、性格の矯正まではしてない。

第一、それができるぐらいなら、とっくにおとなしくさせてるさ。誰のためでもなく、けっこう振り回されてる、俺自身のためにな」

注がれた美酒を一気に飲み干し、グラスを空すると、わずかな狂いもなく元の場所へ戻した。

「わかりました。なんにしても、私が専務に対して、半端な姿勢で向かっていたことが、あなたに会う原因、ストレスの原因のようですから、ここは解消できるように改善します。ただし、私はあなたほど割り切りが上手い男ではない。真剣に向き合いすぎて、あなたが後悔するような結果になってしまったときの恨み言は聞きませんから、そこだけはご了承ください」

これぐらいのはったりはありだろうという傍らで、いっそ言葉のままに行動したら、この男の顔は、少しぐらい歪むのだろうか？　傍にいようと思えば、昼夜問わずいることが可能なだけに、野上はいっそ――――と、らしくもないことまで考えさせられた。

「ああ。わかったよ」

しかし、それでは東を悦ばせるだけだ。実行したところで、鷹栖は野上には靡《なび》かない。意地になって起こしただけの言動に惑わされるほど、鷹栖も初心《うぶ》ではない。仕掛けたところできっと野上は、鷹栖が東の虜だと思い知らされるだけで、いいことなど一つもない。今以上屈辱を味わうだけだ。

「では、お会計をお願いします」

終始笑顔を崩さない男の前で、野上は奇妙な敗北感を味わっていた。どれほど「仕事のため」にと言ったところで、東と野上ではその仕事の内容が違いすぎる。ゆえに、負けたと感じる必要性はないとはわかっているのに、それでも理性よりも感情のほうが前へ出る。

「いや、会計はいい。今夜は俺からの挨拶代わりってことで」

東は先に席を立つと、野上を見下ろした。

「しかし、それとこれとは、別なので」

「俺は客だと認めた人間からしか、金は取らない主義なんだ。それに、ここでごねるぐらいなら、俺からこれ以上の仕事時間は取らないでくれ。愛のために、動いてくれ。それがあんたの仕事だろう？　秘書の野上さん」

「わかりました。では、今夜の分は、いずれ何かの形で、お返しをさせてください。私も赤の他人に、借りは作りたくないタイプなので」

野上は席を立つと、その視線を東と対等なものにした。

「なら、ツケとくよ。その言葉が、いずれ自分の首を絞めることになっても、しらないからな」

歩き方ひとつを見ても、隙がなくスマートな男が、野上に背中を向ける。

『結局私は、何をしに来たんだろうか？　専務のことなら、心配しなくても大丈夫だ。そう、部外者にいわれに来ただけなんだろうか？』

ＶＩＰ席から店内へ、そして出入り口へと軽快な足取りで、東は野上を先導していく。

煌びやかな店内は、訪れたときも、こうして帰るときも、活気に満ち溢れていた。

席はほぼ埋め尽くされ、店内を行き来する男たちが、手ぶらで歩いていることがない。それどころか、名だたる高級酒のボトルが、次々と女性のたちのもとへ運ばれ、野上はそのラベルを見るだけで、何度となく溜息を吐いた。

『あのボトル、専務が接待のときに好んで使う銘柄だが、銀座の店なら五十万はくだらない。ここでもそうだとしたら、毎月どれだけこの店とこの男に注ぎ込んでいるんだか』

無意識のうちに数字を思い浮かべてしまうと、その溜息はより深いものになった。

「――――ん？」

と、野上の前を歩く男の背中が、突然揺らいだ。

「…っ…っ」

ちょうど店を出たときだったことから、東は支えを求めるも、差し出された野上の腕しかない。

「東さん!!　どうしたんです？」

一瞬とはいえ、完全に力の抜けた東が、野上に身を任せた。

「――――…！　なんでもない。ちょっと、眩暈がしただけだ。あんたが来る前に、けっこう飲んでたんだ。その上、あんたとやりあったもんだから…、変に酔いが回ったんだろう」

野上の腕に力が入ると、東はハッとし、直ぐに姿勢を正した。自力で立って、軽い口調で「悪い悪い」と笑い、そのまま表通りまで歩くと、野上のためにタクシーも停めてくれた。

『酒のせい？』

だが、一瞬とはいえ、野上が全身で感じた恐怖は、これまでに覚えのあるものだった。

倒れた先代を支え、白石を支えたことのある腕は、東の身体にも何かが起こっているのでは？と警告を発し、本人の説明さえ、ただの言い訳にしか聞こえなくさせた。もちろん、だから彼のどこが悪い、何が悪いというのはわからない。たんなる錯覚、勘違いということもある。しかし、野上は経験上からくる不安のほうが勝ってしまうと、お節介を承知で東に問いかけた。

「東さん、あの…」

「ほら、捕まったぞ」

タイミングよく言葉が重なった。

「あ、すみません」

「いや。気をつけて、帰れよ。今はあんたに倒れられても、愛が困る。なんにしても、俺の大事なハニーをヨロシクな」

野上は、目の前に停まったタクシーの扉が開かれ、簡単な質問さえできないうちに、後部席へと乗り込むことになった。

「それじゃあ」

お決まりの別れ言葉とともに、扉が閉まる。

「どちらまで？」

ドライバーに「南青山」と答えたときには、見送る東から離れてしまい、野上は何かスッキリとしないまま、再び溜息を吐いた。

『――――って、車をパーキングに置いてきてどうする？』

肝心なことを思い出すも、アルコールを口にした事実があるので、今夜は諦めるしかない。

翌日出社前に車を取りに戻ったときには、野上の胸中には、虚しさばかりが渦巻いていた。

鷹栖から野上に罵声が浴びせられたのは、二人きりで過ごす専務室の空気にも慣れた頃、野上が東のもとを訪ねた二日後のことだった。

「馬鹿かあんたは!! こんな大事なときに、俺の足を引っ張って、どうするよ!!」

野上は数枚の写真を突きつけられると、鷹栖から悪し様に罵られた。

「これを白石取締役から突きつけられたときの俺の衝撃がわかるか? 食いかけのパスタが鼻から出るんじゃないかと思ったぞ。どうせ躓いたか、酔ってコケたかって時のものなのは聞かずともわかるが、それにしたって何してんだよ! 人のことをとやかく言う前に、自分が気をつけろよ。そうでなくても、あんたは親子二代に渡っての社長秘書なんだぞ、社長秘書。それが繁華街でホストと抱き合ってるところを激写されるなんて、ありえないだろうが。清きNASCITAの看板に泥を塗る気なのかよ」

写真に撮られていたのは、野上が倒れかけた東を支えたときのツーショット。しかも、大の男同士が、抱き合っているようにしか見えない角度で取られた、身の毛がよだつものだった。

当然、これは鷹栖のスキャンダルを狙ったハト派の者が、偶然捕らえたスクープ写真。が、ここまで予期せぬものが撮れてしまうと、克も、ただウケた。これで鷹栖を脅そうとは考えず、久しぶりにただの同期生として声をかけてくると、社員食堂で昼食をとっていた鷹栖に、笑いながら手渡してきた。

〝こんな怪しい秘書が付いてたんじゃ、選挙以前にお前自身が心配だぞ。今からでも遅くない、変な被害にあう前に、野上は社長に返したらどうだ？〟

鷹栖は、お前も大変だなと同情されて、返す言葉もなく、口にしていたパスタを飲み込んだ。

自分だって、これが秘書と通いの男のツーショットでなければ、人目も憚らずに大爆笑をしていただろう。が、それができないところが腹が立つ。呆れていいのか、どうしていいのかわからなくなって、結局すべての感情は怒りになった。

「────…っ」

野上は、かつてない失態と羞恥から、蒼白になっていた。

「とにかく、今後二度と俺の私生活には近づくなよ。今回は適当に受け流しといたが、次はないぞ。俺は無能な秘書の尻拭いまでしてる暇はない。変な迷惑をかけられるぐらいなら、俺がお前を解雇をするから、そのつもりでいろよ」

親切で手を差し伸べただけなのに、耳を塞ぎたくなるような罵声を浴び、しかも解雇まで突きつけられる。自業自得と言えばそれまでだが、それにしたって情けない。こんな写真を白石が見たら、なんと思うか。想像しただけで、寝込んでしまいそうな、脱力感に襲われた。

『と、ここは朱音さんの反応を気にしている場合じゃない。今の私が気にかけなきゃいけないのは、激怒している専務のことだけだ。この怒りを鎮めて、仕事に向かわせるのが、私の仕事だ』

だが、これでは駄目だと反省すると、野上は足元しか見れなかった視線を、鷹栖に向けた。

「おっと、そろそろ時間か。一般投資家たちへの挨拶回りに出るから、支度をしてくれ」

「っ!?」

が、このときすでに、鷹栖は気持ちを切り替えていた。

「今日はどこからだ？」

怒鳴るだけ怒鳴ったからすっきりしたというわけではなさそうだったが、このあたりの切り替えのよさは、野上が予期せぬところだった。

「あ、東都製薬の薬王寺社長のところからです」

タカ派？　過激派？　いや、ただの実力派なんじゃ？　と思わせた。

「薬王寺社長か、保有株率5％の大物だな」

野上はこの場になって、ようやく東の言っていたことが、理解できてきた。自分がこれまで鷹栖の一面、二面程度しか見ていなかったことに、少しばかり反省がすぎる。

「気を引き締めて行こう、フォローを頼むぞ」

「はい。承知しました」

白石という人一倍温和で柔らかな存在から切り離し、単独で見れば、鷹栖は理路整然としているだけで、特別無茶を言う男ではない。感情に任せた言動も取るが、見慣れてしまえば、これはこれで彼の魅力の一つだ。単純に素直さの証《あかし》だ。

『鷹栖専務』

野上は、よくよく見れば白石と大差のない鷹栖の後姿、細く狭い肩を見つめると、これまでにはない感情が生まれてくるのがわかった。反省は一際だったが、東のもとに出向いたことに、後悔もない。

『――それにしても』

ただ、写真上とはいえ、野上は身を崩したときの東を見ると、あの夜に感じたいやな予感が思い起こされた。それが気になり、写真を捨てることができない。ゴミ箱に落とすこともできず、スーツのポケットへとしまい込んだ。


大学と医大を仕切る和泉《いずみ》家を中心とした総合医療グループ、東都グループの中でも、年商一千億円を軽く超える東都製薬は、飛びぬけた存在だった。特に、現在社長として会社を束ねる薬王寺は、歴代の社長の中でも秀でた手腕の持ち主で、これまで続いた家督・血縁主義を打ち破り、初めてトップに立った血族外の男だったこともあり、自社のみならずグループ内からの注目度も高く、とても大きな影響力を持っていた。

NASCITAがこうなった今、保守派、ハト派と呼ばれる社員からの票を取得するためにも、鷹栖がぜひともほしいと願うのが、薬王寺の持ち票であり、後押しだった。

「君の方針は良くわかったよ。あとは、総会までに検討させてもらうよ」

「――ありがとうございます」

だが、肝心な薬王寺は、鷹栖が考えていたよりも、そうとう慎重な男だった。決して自分という成功例があるから、家督主義を否定する、同じ立場の鷹栖に好意を寄せるということはなく、どこまでも明日のNASCITAのために、候補者たちを厳選する。納得した上で票を投じるという、用心深い男だった。

『検討か…。万が一にも、これで薬王寺社長に白石支社長を選ばれたら、いやCEOを選ばれたら、目も当てられないな』

鷹栖は社長室に置かれた応接セットから腰を上げると、今にも吐いてしまいそうな溜息をグッと堪えた。代わりに重厚で風格のある一室を見回すと、NASCITAの社長室を思い起こして、奥歯を噛んだ。

「では、本日はこれで失礼いたします」

いずれは自分も、そんな意欲を奮い立たせ、力強く礼をした。が、顔を上げて退室をしようとしたときだった。

「ところで、野上くん。この写真のことなんだが…」

「!!」

鷹栖と野上は、薬王寺の懐《ふところ》から出された写真に目を奪われると、全身が凍りついた。克の様子から、よもやこれが、笑いごと以外にも使われていたとは、思っていなかっただけに、鷹栖は衝動的に手を伸ばすと、薬王寺社長の手から、写真を抜き取った。

「申し訳ございません。これは、ちょっとこちらの手違いと申しますか、社内の宴会で出向いた先で、偶然起こったことで…。面白がった自社の者が、何枚かプリントアウトしたらしいのですが――――どうして、こんなお見苦しいものが、社長のもとに！　本当に、すみません」

「では、この男は、野上くんの知り合いではないのかね？」

「まったくの行きずりです。酔っていた、ただの通りすがりの方が、たまたま野上のほうによろけてきただけです。な、野上」

「はい。そうです。専務がおっしゃることに、間違いはありません」

どんなに冷静を装っても、頬の肉が引き攣《つ》りそうになる。

『馬鹿野郎っっっ』

鷹栖は手にした写真をしまおうとして、上着のポケットに手を入れた。が、あまりに慌てて突っ込み、手を出したものだから、中に収めていた手帳が飛び出した。

「…っ、そうか。知り合い…というわけでは、なかったのか。なら、いいが――――！」

「あ…、すみません」

手帳カバーに差し込まれていたカード類までが飛び出してしまい、鷹栖はその場に膝を折ると、慌ててかき集めた。

『最悪だ！　ホストたちの名刺が!!』

「鷹栖くん、それは、もしかして」

しかし、そんな鷹栖の手元を見ると、薬王寺が問いかけた。

「あ、はい。ドナーカードです！」

鷹栖は手にしていたカードの中で、一番差し障りのないものを、わざと掲げて見せる。

「――いや、関心だね。君のような若者が」

「父は肝臓を、母は心臓を悪くして亡くなりました。二人とも、ドナーを待ったまま…、そこに唯一の希望を求めながら——。もっとも昔の話なので、今なら薬でどうにかなったかもしれない。手術で、どうにかなっていたかもしれないですが」

もしかしたら、見られたかもしれない、ホストたちの名刺をごまかすための言い訳としては、かなり胸が痛かった。が、この場ばかりは、仕方がない。鷹栖は今は亡き両親に胸中で合掌しながら、それらしいことを口にした。

「鷹栖くん…。でも、それで君は、今日にでも依頼があったら、どうするんだい？」

しかし、薬王寺が気にしたのは、別のことだった。ホストたちの名刺を見た見ないという以前に、鷹栖が翳《かざ》したドナーカードそのものに覚えた疑問だった。

「え？」

「カードの中には骨髄バンクのものもある。だが、これは自分が命を落としてからのものじゃない。この瞬間にも、適合者がいれば、ドナーとして求められるものだ。依頼に応えるには、会社から離れ、最低でも一週間の入院がいる。手術の予後によっては、一ヶ月の拘束を受けることだってある。場合によっては、なんらかの後遺症が発生する可能性だって否めない。それでも君は、それだけのリスクを自身に背負い、なおかつ目前に迫った社長選を放棄してまで、見知らぬ誰かのために、ドナーになれるのかい？」

鷹栖は、ここでもまた想定外の質問をされて、言葉を詰まらせた。

『これは、トップとしての資質を試されているのだろうか？　それとも、人としての倫理や道徳観を測られているんだろうか？』

　何を迷う必要がある？　そう思う傍ら、すぐに答えが出なかった。

「鷹栖専務…」

　野上は、ハラハラとしながら、その名を呼んだ。

『今日にでも依頼があったから…か』

　だが、鷹栖は一瞬間は置いたが、薬王寺に視線を合わせると、はっきりと言った。

「―――はい。なります」

　鷹栖にこれ以外に答えなどなかった。そうでなければ、初めからドナー登録などしていない。リスクがあることは承知の上で、鷹栖は骨髄バンクにも、登録した。

「自分の運命だけではない。社員とその家族の運命さえ、揺るがすことになっても？」

「社員とその家族には、私以外の役員もいます。けれど、ドナーを待つその人には、私しかいないかもしれない。私は、私個人としても、NASCITAの幹部としても、何より朱雀流一の上司としても、依頼があれば断りません」

　しかし、そんな鷹栖に薬王寺は、あまりいい顔を見せなかった。

『答えが、気に入らなかったのだろうか？』

　鷹栖の胸に、一抹の不安が込み上げる。

『いや、気に入らないなら、それでいい。これが気に入らないという男の票なんか、俺は要らない。朱雀流一の死を見たNASCITAには、必要ない』

けれど、不安を強い決意に変えると、鷹栖は「では、これで」と言った。一礼とともに身を翻《ひるがえ》すと、その場からは引き上げようとした。

「――――君は、NASCITAに行くより、うちに来るべき人材だったかな」

「っ!?」

と、薬王寺の言葉に、足を止められる。

「うちにも自慢の社員は数多くいるが、それでも君のような者がいたら、もっと良くなるからね」

「社長…？」

思わず振り返ると、薬王寺は鷹栖に満足そうな笑顔をくれた。

「ただ、それだけの覚悟があるなら、これから少しの間でいい。そのドナー登録は、解除しておいてくれないだろうか？　万が一にも、今そんなことになったら、私は誰に票に入れていいのか、わからなくなる。それは、本意ではないのでね」

「…っ、ありがとうございます!!」

自然に湧き起こる高揚感に、鷹栖は全身が熱くなった。

「いや、気持ちのいい答えをありがとう。私も微力ながら応援するので、ぜひ頑張って」

「はい！」

思いがけないやり取りをしたおかげか、鷹栖はまた一歩玉座へと近づいた。ドナーカードが挟み込まれた手帳を握り締めると、今一度頭を下げてから、力強い足取りで社長室を後にした。

『鷹栖専務…。どうやら薬王寺社長を手中に収めたか』

そんな鷹栖と社長室の扉を見比べ、野上は胸を撫で下ろした。

『それにしても、こんなところにまで、あの写真が送られてくるなんて、白石取締役にも困ったものだ。おかげで、結果オーライにはなったが――』

幾分乱れた鼓動を鎮めるように、胸元に手を当てた。

「どうした？　野上」

「――いえ」

「なら、この調子で回ろう。今日は幸先がいい」

「はい」

短い会話をやり取りすると、二人は東都製薬を後にした。


一方、その頃克は、本社の自室で、国際電話を受けていた。

〝なんてことをしてくれるんだ！　あんな写真をバラまくなんて…〟

自分さえ知らないうちに出回っていた写真のことで、白石支社長から叱咤を受ける。

「ごめん、多分悪気はなかったと思う。一応、鷹栖や野上の足を引っ張るつもりで、奴らなりに気を利かせたんだと思う。それぐらい、本社での鷹栖の人気は強いんだ。株主たちの受けもいいし、ここは少しでも何かないとって、考えての行動だと思うからさ」

こんなことで、どうして自分が父親に⁉ そうは思っても、直属の部下は可愛い。庇い立てることができるのは、自分しかいない。克は、頭を抱えながらも、激怒する父親を宥めにかかった。

〝だからって、野上のあれはないだろう！ あれでは、場合によって、大事な株主の票を、鷹栖に回すことになるじゃないか〟

「意味がわからないな。野上のあれを見て、幻滅することがあっても、歓喜する株主がいるとは思えないが」

ただ、それにしたって、白石支社長の怒り方は、普通ではなかった。

〝そっちじゃない。一緒に写っていたほうだ。あれは、あれは…よりにもよって薬王寺の息子じゃないか〟

「薬王寺社長の…、息子？」

克の疑問は、直ぐに解消された。

〝ああ、そうだ。以前会ったことがある。間違いない、薬王寺東明《はるあき》だ。若い頃に家を出たとは聞いていたが…、もしかしたら、そうと見せかけて、水面下でＮＡＳＣＩＴＡ本社と繋がっていたのかもしれない。誰もが認める、やり手な薬王寺のことだ…。先のことを考えて、息子に野上との間にホットラインを作らせていたのかもしれない〟

「薬王寺社長が、息子を使って⁉」

偶然――――そう言ってしまえば、その一言に尽きるのだろうが、鷹栖さえ知らない東の本名と生まれ持った家柄は、白石支社長の不安を煽った。

〝とにかく、薬王寺に鷹栖の後押しに回られては困る。薬王寺が表立って鷹栖側にいることを他の株主たちに示す前に、鷹栖を潰せ〟

「親父…」

時が時だけに勝手な詮索ばかりが一人歩きしてしまい、克を必要以上に焦らせ、危機感ばかりを肥大化させた。

〝多少手荒い真似をしてもかまわない。薬王寺が鷹栖から手を引くような、何かを起こせ。もしくは、鷹栖が自ら退陣するように仕向けるんだ〟

「わかった。手を尽くしてみる」

こうなると、どちらが過激なのか、わからない。だが、必然とも取れる偶然が生んだ疑心暗鬼のために、克は新たな策を強いられた。

『それにしても、なんで薬王寺の息子がホストクラブなんかに？　薬王寺の息子が勤めているんだろうクラブに、鷹栖が？』

野上が鷹栖の行動に疑問を抱いて、こんなクラブに入ったことはわかっていた。それだけに、薬王寺の息子と繫がっていたのは鷹栖の方だろう？　という予想も立つことから、克は笑いごとで済ませようとした写真を今一度眺めると、込み上げてきた憤りから、唇を嚙んだ。

6

薬王寺からの後押しを得ると、鷹栖は上機嫌で、その日の仕事を終えることになった。

「さすが、親子二代の社長秘書を務めてきただけのことはあるな、野上。お前の顔パスでここまですんなりいくところが多いとは、思わなかった。感謝するよ」

「いえ、どういたしまして」

「それより、今日は思ったより早く片付いたけど、たまには食事でも行かないか？　俺がポケットマネーでおごるからさ」

珍しく定時で終わったこともあり、野上を誘った。

「申し訳ありません。せっかくのお誘いですが、今夜は予定がありますので」

「――――そう。じゃあ、また次の機会にでも」

まさか断られるとは思っていなかっただけに、鷹栖のテンションは一気に下がった。

『ちぇっ。せっかく酒でもと思ったのに…。まいいか、それなら東に電話でもして、たまにはホテルで合流すれば。どんなに克の部下が見張っていたところで、宿泊客でなければ、潜り込むことができないVIPフロアを持つところはいくらでもあるし』

もてあました時間に対して、つい緊張も緩む。が、そんな鷹栖を見ると、野上は言った。

「あ、だからといって寄り道はしないで、真っ直ぐにお帰りくださいよ！　何度も言うようですが、今は大事なときですからね。時間があるときは、ゆっくり休まれてください。何か不都合があれば、電話の一本も下されば、私がどんな時間でもあなたのところへ参りますので」

「は？」

「私は専務を信じてますからね。それでは、お先に失礼します」

ポカンとしている鷹栖を他所に、やけに慌ただしく、出て行った。

『何が、信じてますだよ、今更わざとらしい』

よほどの用事でもあったのだろうか？　鷹栖は、一人になると、携帯を取り出した。

『どんな時間でも参りますって、冗談じゃない。夜中に揉めるのは、もう懲りたって』

いつものようにリダイヤル画面を出して、クラブ・クラウンを選んだ。

発信ボタンを押すのは躊躇うと、パチンと閉じて、ポケットに入れる。

『ま、確認の電話でもされたらしらけるだけだし、おとなしく帰って寝るか』

鷹栖は帰り支度を済ませると、ビジネスバッグを片手に、専務室を後にした。

「専務！」

「方城」

と、廊下で社長室から出てきた方城と鉢合わせた。毎日当たり前のように見ていた顔だけに、数日見なくても、どこか懐かしい。それほど今の鷹栖と方城は、まったく別の行動をしていた。

「今、伺いに行こうと思っていたんですが、本日の業務は何時までですか？」

「もう終わったよ」

「では、これから少しでいいので、お時間取っていただけますか？　今夜、タカ派の幹部で一席設けようとって話になっているんです。できれば、専務にも顔を出していただければと思って」

鷹栖は方城からの誘いを受けると、これなら問題はないよなと、口角を上げた。

「ああ、いいよ」

方城に同行すると、鷹栖は自分の社長選を応援してくれるタカ派の幹部たちを労《ねぎら》うと共に、ホッとした一時を過ごした。


そうは言っても、まだまだ社長選は始まったばかり、二十日以上も選挙期間が残っていることもあり、方城は鷹栖を囲んで三時間程度の食事会を済ませると、十時前には鷹栖を他の幹部たちから離した。無理やりタクシーに乗せると、鷹栖のマンションへと向かった。

「なんだよ、方城。これからがいいところだったのに〜」

酔った鷹栖は、タクシーから降りると、不満気に方城に絡んだ。

「これ以上引っ張ったら、私が野上先輩に殺されます。今夜は専務の顔を見て、みんな俄然とやる気になりましたから、これで専務の役目は終わりです。ごくろうさまでした」

「ひど〜。俺は利用されただけかよ、悪徳秘書めが」

「人聞きの悪いことをおっしゃらないでください。これ以上飲ませたら、鷹が甘えたインコになりかねないので、やめておくだけです。何度も言いますが、あれほど乾杯のビールは二杯まで、その後のオンザロックも二杯までって、お願いしてるじゃないですか。専務にはイメージってものがあるんですよ、NASCITAの鷹っていうイメージが」

方城は鷹栖に腕を取られて、絡まれつつも、マンションのエントランスへ同行した。

「だったら尚更、注がれたら空にしなきゃ、イメージダウンになるだろう？」

「いいえ。部下の酌なんか、適当にあしらってくれたほうがいいんです。むしろ、足蹴にしてくれたほうが、イメージどおり…あ、すいません。社長から電話が…」

「いいよいいよ、電話出て。あと、ありがとうな。今夜は楽しかった。次は、選挙に勝ったら、騒ごうな。おやすみ」

心配なので部屋まで、とは思ったが、着信音を聞くなり鷹栖が離れていったこともあり、方城は言われるままに見送った。携帯電話を取り出すと、身を翻した。

「はい。では、ぜひともそういたしましょう。おやすみなさい」

エレベーターフロアで別れ、エントランスに向かって歩きながら、白石からの電話を受けた。

「もしもし、方城です――――、っ!?」

だが、方城はエントランスのガラスドアに映った光景にハッとすると、驚きから振り返った。

『あれ？　見間違えか？　確かに今、白石取締役…みたいな男が、専務とエレベーターに同乗したように見えたが…。気のせいか？　他にも乗り込んだ人がいたし…、他人の空似か？』

すでにエレベーターの扉は閉まり、フロアには誰もいない。

〝あ、方城。私だけど、今大丈夫？〟

「はい」

方城は、電話の相手が相手だっただけに、この場はマンションから出ると、白石との会話に没頭した。が、密室となったエレベーター内には、確かに鷹栖と克がいた。

「何？　なんで、お前らがここにいるの？」

決して方城の見間違えではなく、他にも克の取り巻きたちであるハト派の社員四人も、同乗していた。

「お前にちょっと話があるんだ」

「専務と呼んで敬語を使ってくれ、白石取締役。何度も言ってるが、立場は俺のが上だ」

鷹栖は抱えていたビジネスバッグを持ち直すと、ここはピシャリと言い切った。いまいち思考がしゃんとはしていない気はするが、それでも克相手だけに、背筋は伸ばす。

「硬いことを言うなって。同期入社の仲じゃないか」

「俺たちの同期が、いったい社内に何人居ると思ってるんだ。お前は同期の部下全員に、呼び捨てにさせるのか？　随分フレンドリーだな。いや、寛大だ」

「いやな言い方を選んでする奴だな。まあいい。それより、今夜は商談があって来たんだ」

そうするうちに、エレベーターは最上階へ着いた。

「商談？」

「一度ゆっくり話がしたい。他人に聞かれても困る。まずは部屋に上げてくれないか？」

「――……、わかった。なら、入れ。ただし、普段付き合いもない人間まで、上げることはできないぞ。他は帰ってもらってくれ」

鷹栖は仕方なく、克だけを受け入れる。

「わかった。悪いがお前たちは――――」

「はい」

克は、他の四人を玄関前に残すと、鷹栖の後に付いていくように、中へと入った。

「酒なんか出さないぞ。ゆっくりさせる気はないからな」

鷹栖は、すぐに帰ってもらうつもりで、克をリビングではなく、ダイニングへ案内した。

「ああ。構わないよ」

ビジネスバッグをキッチンに続くカウンターへ置き、ティーカップを用意する。が、そんな鷹栖の手を止めるように、克は背後から抱きすくめた。

「――――鷹栖」

「何？　うっとうしいな。くっつくなよ」

鷹栖は多少酔っていたこともあり、どこか反応がずれていた。

「率直に言う。俺と組まないか？　今回の社長選から撤退してくれれば、自らあくせくせずとも、俺がいい思いをさせてやる。一、二年後には俺が親父に代わってトップに立ち、一生お前の面倒は見てやる。なんなら、副社長ってポストでも作ろう。悪くない話だろう？　だから、このさい俺のものになれ」

抱きすくめる男の腕に力が入っても、妙に落ち着き払っている。

「俺の気持ち、まったくわかってないわけじゃないだろう？　多少は気付いてたんだろう？」

抵抗しない鷹栖の首筋に、克は唇を寄せた。

「それなら、同じことを言い返してやるよ。お前のほうこそ、親父を裏切れ。俺に忠誠を近い、お前が束ねているハト派を全部、俺に寝返らせろ」

鷹栖は微動だにせずに、ククッと笑う。

「――――何？」

「お前の仕事ぶりは、認めている。性格はいただけないが、ルックスのほうも悪くない。お前が親父を裏切るなら、俺がお前を買ってやる。今夜からでも、いい思いをさせてやる」

社内では見せることもない艶めいた眼差しを、克にゆっくりと向けた。

「俺にNASCITAをくれれば、お前には俺と今以上のポストをやるよ。悪くないだろう？」

男の胸元に寄りかかると、上目遣いで、克を誘惑する。

「鷹栖っ…」

酔えば酔うほど大胆になるのも、鷹栖の悪い癖だ。あれほど野上に痛い思いをさせられながら、それでもあの時はあの時で、今は今という行動が直らない。

「どうする？」

答えを求める眼差しは、獲物を捕らえる鷹にも似ていた。決して逸らされることのない視線は、そうでなくとも鷹栖に下心のある克を、完全に捕らえて放さない。

「お前が、それを望むなら」

克は、鷹栖の身体をいっそう強く抱き締めると、その唇を求めて顔を覗き込んだ。しかし、鷹栖はそれを躱すと、彼の腕からもすり抜ける。

「馬鹿言えよ。本気で言うと思ってるのか？　そんなこと」

「っ!?」

「だいたい、どこの世界に、親を裏切るような男を信用する馬鹿がいるんだよ。どんなにお前が有能でも、ごめんだよ。信用ならないブレーンなんて必要ない。パートナーなら、尚のことだ。俺がトップに立った暁《あかつき》には、お前なんか真っ先に左遷だ、左遷」

振り向きざまに、ここぞとばかりに悪態を吐く。

「――――鷹栖っ」

逆上した克は、鷹栖に摑みかかると、ダイニングテーブルへ押し倒した。

スーツの前を開いて、強引にその唇を奪いにいった。

「ここで、どうこうしたところで、無駄だぞ。俺の身体は、お前に流されるほど初心じゃない」

鷹栖は限界まで顔を逸らしながら、克を押し退ける。

「そうか？　だとしても、お前は人一倍プライドが高い男だからな。俺に抱かれるまでなら我慢が利いても、あいつらの慰み者になるのは、耐えられないんじゃないのか？」

克が不適に笑うと、その背後には、四人の取り巻きたちが現れた。

「なっ？」

鷹栖は、自分が先に部屋へと上がってしまい、克に扉を閉めさせたために、鍵をかけていなかったことに気付くと、その焦りからか、これまではないほどの抵抗をした。

「今更遅いって」

「ん――――ぐっ!!」

鷹栖の口には、悲鳴を上げる前に丸めたハンカチが詰め込まれた。左右に大きく広げられた両手は、二人がかりで抑え込まれる。

「できることなら、品のない交渉は避けたかったんだが、ま、しょうがないよな」

克は鷹栖から身を引くと、別の男から小型のビデオカメラを受け取った。

『嘘だろう!?』

まさか、ここまでされるとは考えてもいなかったのだろう。鷹栖は、克にビデオカメラを向けられると、怖気で鳥肌が立った。

「でも、安心していいぞ。ここでどんなに汚れても、俺が綺麗に洗ってやるから。そのあとは、お前を一から愛してやる。これからずっと、愛し続けてやるから」

男たちは四人がかりで鷹栖の身体を持ち上げると、ダイニングからリビングへ、そして寝室へと移動し、鷹栖をベッドに押さえ付ける。

「んっ、んんっ！」

肢体のすべてに力を入れて足掻くも、衣類は無情に剝ぎ取られていく。

「怪我をしたくなければ、おとなしくやられとけ。逆らったところで、四対一じゃ無駄な抵抗だ。俺も、お前を傷ものにしたいわけじゃない。ただ、これから調教するのに、その生意気な鼻っ面を、一度へし折っとくか…って、程度だ」

抵抗から傷ついていく白い肌を、刻々とカメラが捕らえた。現れた肌に群がると、男たちは好き好きに鷹栖の肉体を貪っていく。

「んんっ、んっ!!」

男の一人が股間に顔を埋めると、鷹栖は全身を捩って、拒絶した。

「なんだ、さすがに怖いのか？　お前のそんな怯えた顔は、初めて見るぞ」

「んんっ」

ペニスを摑まれ、銜《くわ》えられ、その一方では体中を嘗め回されて、鷹栖は吐き気さえ込み上げた。

「だが、嫌悪と汚辱に震える姿は絶品だ。これで涙の一つも零してくれたら、俺だけじゃなく、こいつらも、一生お前の虜になっちまうかもな」

『いやだっ。触るな』

せめて飲んでいなければ、もう少し身体に力も入ったかもしれないが、部下に勧められるがままに口にしてしまった美酒は、こんなところで鷹栖を絶体絶命に追い込んだ。

『俺に触れていいのは、俺が選んだ者だけだ。俺が許した男だけだ』

男の一人がズボンのファスナーを下ろすと、鷹栖は他の男に脚を開かれ、なす術もない姿をカメラの前に晒した。

『東っ――――、東っ』

いきり立ったペニスを引き出した男が、血走った目をして圧し掛かる。鷹栖は全身で犯されることを覚悟すると、口に詰め込まれたハンカチを、力いっぱい嚙み締めた。が、そんなときだった。玄関先からインターホンが鳴り響くと、鷹栖に圧し掛かっていた男の動きが止まった。

「誰だ？　今頃」

「んんっ、んん!!」

忙しく、二度三度鳴る。鷹栖は助けを求めて、一際高いうめき声を上げた。

「気にするな。鍵はかけてきたんだろう。そのうち諦めて、帰るさ」

しかし、こんなときに広々とした自宅は、鷹栖の声を玄関先まで届けてくれない。克も、一度はカメラを下ろしたものの、鍵をかけてきたという安心感から、部下に続行を命じた。

「ですね」

男は再び鷹栖の中へ、自身を沈めようとした。

「あいにく、そうでもないな。合鍵を持っている男としては！」

「────っ」

しかし、男は鷹栖から引き剥がされると、一撃の下に倒された。

『東っ！』

「お前は────、っ!!」

東はそのまま驚く克に飛び掛かると、胸倉を掴み上げて、拳を振るった。

「ふざけた真似をしやがって。ハト派の幹部が聞いて呆れるぜ。中身はそこらのチンピラより始末が悪い、最低最悪な下種野郎じゃねぇか！」

カメラを取り上げると、メモリースティックを取り出し、折り曲げる。それを見ていた残りの男たちは、慌ててベッドから離れると、寝室を飛び出し、逃亡を図った。

「おっと、ただじゃ逃がさねぇよ。人んちの主に、好き勝手な真似しやがって。こっちがどんだけ気を遣って、死守してきたと思ってんだよ!!」

『方城?』

しかし、ここで方城に立ち塞がられると、男たちはいち早く逃げた者から、殴り倒された。

「基本的に暴力は好みませんが、物事には例外というものがありますからね」

『野上!?』

それでも残りはあと二人となったが、方城の後ろに構えていた野上の綺麗な回し蹴りと正拳突きで、鷹栖が瞬きをしたかしないかというちに、その場に血を吐いて倒された。

「先輩、やりすぎてませんか? 極真でしたっけ? 寸止めできないのって」

方城が不安そうに聞く。

「別にこれぐらいは大丈夫。ここでうっかり死にかけたところで、きちんと蘇生し、再生してくれる有能な医師が、東都グループ内に山ほどいるさ」

野上は乱した前髪をかきあげるだけで、呼吸一つ乱していない。

『――――…』

鷹栖は、次々に起こるすべてが目まぐるしくて呆然とするしかなかった。

「いいか、二度と鷹栖愛には近づくな。近づけばお前らも、お前らの雇い主も、ただじゃおかないからな」

東が克を締め上げてはいたが、鷹栖自身はベッドの上で身を縮め、薄手の上掛けを抱き締めることしかできなかった。

「白石取締役。こんなことをして、ただでは済みませんよ。ご自分が可愛ければ、明日にでも辞表を提出することをお勧めします。ここに連れてこられた方々と一緒にね」

そうするうちに、野上が自分の携帯を取り出すと、この状況をカメラに写して、その画像を克に突きつけた。

「ちなみにこれは、私の変な写真を、ばら撒いていただいたお礼に、白石支社長に送っておきますので。あとは帰ったら、今後の相談でもしてください。あなたが辞めたあとも、選挙を戦い続けるのか。それとも持ち株数の票を持って、専務にお侘びしにくるのかは、ご自由に」

「────…っ」

ここまでされたら、こちらだってこれぐらいの脅しはかける。落とし前のつけ方ぐらいは、提案させてもらうと微笑み、その後は克以下四人の男を、鷹栖の部屋から追い帰した。

『それにしても、なんてことを』

野上と方城が寝室に戻ると、ベッドの上で身を竦《すく》める鷹栖を、東が抱き寄せていた。よほどショックが大きかったのだろう、鷹栖は言葉もなく東に身を任せている。

『専務…』

床には衣類が散らばり、鷹栖の身体の節々にも、抵抗の後が見える。野上は、声をかけるのさえ躊躇った。

『――専務』

それは方城も同じで、二人はどうしたものかと目配せをする。と、二人の戸惑いに気付いた鷹栖が、重たげに顔を上げた。

「二人とも、なんでこいつと一緒に来たのかわからないけど、出て行ってもらえるか？」

その顔に、憂いはあっても、覇気はなかった。

「専務」

「今夜で終わらせる」

「え？」

「明日からは二十四時間トップを目指して仕事だけをする。野上が言うように、一意専心でNASCITAのトップになることだけを考え、行動する。こんな舐めた真似、二度とされない、真のNASCITAの鷹になる」

その言葉に、悔しさや怒りはあっても、生気はなかった。

「だから、今夜だけは帰ってくれ。今は、東だけでいい。東だけが、いてくれるほうがいい」

鷹栖は、一つの決意を口にしながらも、今はまだ複雑に絡み合った感情を整理するのに、精一杯だと訴えている。野上はそれが見て取れることから、姿勢を正すと、頭を下げた。

「わかりました。では、また明朝。いつもの時間にお迎えに参りますので、今夜はこれにて」

普段どおりの笑みを浮かべて、隣に立つ方城の腕を軽く叩いた。

「はい。では、私もこれで」

「ありがとう。野上も方城も――――ごめんな」

鷹栖は立ち去る二人をベッドの上から見送った。

「一応鍵を、かけてくるからな」

玄関先まで野上たちを見送ったのは、東になった。

＊＊＊

脱力しきった身体を起こし、鷹栖がバスルームでシャワーを浴び始めたのは、二人が去ってから五分も経たないうちだった。どうして克はあんなことをしてまで？　なんで、野上と方城が東とここに？　鷹栖の脳裏には、何がなんだかわからないことだらけだった。が、それより鷹栖が優先したのは身体を洗うこと、突然受けた汚辱を記憶ごと消すように身体を洗い続け、流し続けることだった。

「もう、やめとけ。肌が傷つくだけだぞ」

だが、それが三十分も続くと、バスルームの入り口に立った東から、声がかかった。

「だって」

「いいから、言うとおりにしろって。見てるこっちが切なくなってくる。あいつら、生かして帰すんじゃなかった…、そういう後悔が湧いてくる」

東は中に踏み込むと、鷹栖の手からスポンジを取り上げ、シャワーを止めた。

「っ…っ」

どんなに洗ったところで、嫌悪感までは拭えない。記憶までは洗い流せないという顔をする鷹栖を抱き締め、諭すように言った。

「な」

鷹栖は濡れたままの身体で抱きつくと、これまでには感じたことのない切なさが、自身に込み上げた。それは、怒りに任せた野上から、脅しで倒されたあとには、感じなかったもの。東以外のホストとこじれたときでも、強姦まがいなことは、一度としてされたことがなかったので、わからなかったものだった。

「────東」

縋ることが許される男の腕が、胸が、こんなにホッとできるものだとは知らなかった。それより何より鷹栖自身が、もうだめだと諦めかけたときに、救いを求める相手が東だった、自然と助けを求めてしまうのが東だったとは考えたこともなかったので、鷹栖は立て続けに起こった事態よりも、自分自身への戸惑いのほうが隠せなかった、

「愛」

優しく頬をすくい上げる男からの口付けにも、いつにない戸惑いを覚えた。

「ん…っ」

合わせられた唇も、絡み合う舌先も、何一つ変わってはいない。なのに、どうしてか今だけは胸が苦しい。まるで初めてこの男に触れたときのように、心も身体もわななく。

「今夜は、手加減しないぞ。この前、キャンセルを食らった分まで、抱くからな」

ただ、鷹栖はこのとき、どうしてか東も自分と同じだと感じた。

「――――東」

「お前も俺がほしいだろう？　だから俺だけを残した。そうだろう」

同じ切なさを覚え、同じ躊躇いを感じ、だが、それらを上回るような欲情から、鷹栖を求めてきたように思えた。

「ん…」

鷹栖は再び口付けられると、東の欲情に応えるように、自分からも唇や舌先を貪った。

「んっ、東」

東の衣類が邪魔になると、鷹栖は彼が着ていたジャケットから脱がせていった。

「愛」

東自身もうっとうしいと感じたのか、自ら手早く肌を晒していく。

「東…っ、東」

互いが一糸纏わぬ姿になると、欲情は更に高まり、どちらからともなく相手を抱き竦める。

「今夜は、俺をめちゃくちゃにしていい」

抑え切れない欲求から、鷹栖は東の肩に口付けた。

「東が好きなようにしていい」

しなやかで頑丈な首筋にキスをし、頬を舐めると、溜息を漏らす。

「優しくなくてもいい…っ。痛くても、荒っぽくてもいい。だから、本当の、東を見せて」

寝室へ行こうとも考えずに、バスルームで求め続ける。鷹栖は、こんなに身も心も東を欲したのは、初めてだった。

「俺に合わせるんじゃなくて、東がいいように抱いて」

本来の東自身が見たい、東自身に触れたいと感じたのも初めてのことで、鷹栖はその後も東の唇を貪り、髪を撫で、膨らみきった欲望を東に擦り付けると、願望のままに身をくねった。

「東が満足するまで、俺を放さないで」

東が応えるように、口付け返す。仄かに火照った白い肌を弄り、いきり立った男根を刺し込んでくると、鷹栖はうっとりとした貌《かお》で、愉悦の底へと堕ちていった。

「んんっ、東…っ。もっと」

肉体の限界まで東を受け入れて、それでも足りずに、なおせがんだ。


快感の余韻さえないほどのだるさが、身体を支配する。そんな時間が訪れたのは、すっかり窓の外が明るくなった、夜明けのことだった。

「――――愛。ビールかなんか、もらっていいか?」

東の声が、いつになく疲れていた。ベッドから起き上がり、置かれたガウンを纏う仕草にも、勢いがない。

「いいよ」

「お前は？」

だが、鷹栖はそれほど昨夜は愛された、自分が東に求められたと感じると、湧き起こる悦びから、今まではしてこなかった返事をした。

「俺はいいや。あ、東。キッチンまで行かなくても、そこにあるのを取っていいよ」

「そこ？」

寝室の出入り口へと足を向けていた東は、不思議そうに振り返った。

「障子を開けて。小さい冷蔵庫に、いろいろ入ってるから、好きなの飲んで」

ベッドに横たわる鷹栖が言うので、東は部屋の一角にある和室の障子に、初めて手をかけた。

「――――！」

なんだ、ここって、普段使いの部屋だったのか？　いつも閉め切ってるから、てっきり衣裳部屋に使ってるんだと思ってた」

障子を開くと、東は正直な感想を口にし、和室に足を踏み入れた。テレビボードの脇に置かれた小型冷蔵庫の前に片膝を折り、中から缶ビールを取り出した。

「一人でいるときは、それで十分だからな。無駄にエネルギーは使わないようにしてるんだ」

「さすがは省エネ、エコロジー企業を目指すＮＡＳＣＩＴＡの専務だな。これだけのマンションを構えていて、実際四畳半生活する奴は、なかなかいないだろう」

和室に炬燵が置かれていれば、座りたくなるのは、日本人の性。東はその場に腰を下ろすと、すぐに和室に嵌り込んだ。

「嘘。本当は、ただのものぐさだよ。そこなら座ってても、全部手が届く。テレビを見ながら食事もできるし、仕事もできる。眠くなったら、横になることもできるし、それだけのこと」

鷹栖はベッドにうつ伏せになると、顔だけを東に向けて、クスクスと笑う。

「まあ、広すぎるリビングよりは、案外落ち着くかもな。俺も作ろうかな、自宅に秘密基地」

「どんな基地だよ。妖しいな」

「なら、力いっぱい、妖しい部屋にしておくか。たとえば、愛を連れ込んだら、一生監禁できるような、拷問道具とベッドだけを置いておくとか」

「最悪。絶対に近寄らないよ、東の自宅にだけは」

「あ、秘密基地なんだから、言わずに作っておくべきだったな。失敗だ」

「――成功したためしがないな、東の話は」

「本当だな」

生涯自分だけが出入りするものだと思っていた空間に、東が違和感もなく溶け込んでいるのが、嬉しい。鷹栖は東がビールを飲み終えると、身体を起こして、ベッドの上に座り込んだ。

「東」

「ん？」

「昨夜は、ありがとう」

改めて口にすると照れくさかったが、同じぐらいに胸がチクンとした。

「何が？」

「いろいろ」

「どういたしまして」

けれど、痛みのほうは東が浮かべた極上の笑顔で、消してくれた。だから鷹栖はもう一歩先に進んで、言葉を発した。

「あと、これまでも、ありがとう。なんか、今更な気はするけどさ」

今こそ、どれほど東に支えられてきたのかがわかる。でも、だからこそ、切ない。これまでには感じたことがないほど怖い。なぜなら、もしも自分が好きだといったら、東はなんて答えるだろう？　ふとそんなことが頭に過ぎると、鷹栖は身体が強張ったのだ。客としてじゃなく、鷹栖愛自身として、お前が好きだ———そう言ったら、果たして東は同じように笑ってくれるんだろうか？　笑ったとしても、それは勝ち誇ったホストとして？　それとも、東明自身として？

そんなことが次々に頭にうずまき、どうしようもなかったのだ。

「それは、そうだな。けど、ありがとうはお互い様だよ」

「東…、っ」

鷹栖は足元にかけていた布団を握り締めると、何かを言いかけて、口をつぐんだ。

「どうした？」

「ううん、なんでもない。あ、それより、今日の分を先に払っとくな。そろそろシャワー浴びて、支度しないといけないし———。野上のやつ、必ず早めに来るからさ」

言いかけた言葉も、自分の気持ちもごまかすように、鷹栖は上掛けで身体を隠したままベッドから下りると、剝ぎ落とされた上着のポケットを探った。

「いや、今日の分はいいよ。もともと呼ばれてもいないところに、勝手に来たんだ。これで金なんかもらえるかよ」

「え？」

しかし、東からの思いがけない言葉に、鷹栖は手にした上着を握り締めた。

「それに、たまには無料奉仕もしないと、この先指名を変えられちまう。晴れて鷹栖社長になったときに、若い男にでも、鞍替えされたら困るからな」

けれど、その後、普段と変わりなく発せられた言葉には、握った上着をスルリと落とした。

「何、言ってるんだよ！　ただほど怖いホストなんて、いないって。それが東じゃ尚のこと。下手したら、こんなありえない冗談を真に受けるようなケチじゃあ、もう相手にできないって、言われるのがオチじゃないか」

鷹栖は、笑って言い返しはしたが、落とした上着のポケットから飛び出した手帳に向けた手先は、自分でもわかるぐらいに震えていた。

『何を期待したんだろう？　俺は』

鷹栖は拾い上げた手帳を握り締めると、それを上着に戻しながら、東からは視線を逸らした。

「それも、ひでえ切り返しだな。なんだよ、愛の無料奉仕だったのに。と、どうした？」

だが、それさえままならずに鷹栖が手帳を落とし、その場に中身をバラけてしまうと、東は和室から立ち上がった。

「いや、ちょっと中身が。いいかげんに、なんでも手帳に挟む癖をどうにかしないとまずいのはわかってるんだけど、なかなか直らなくて。野上にも、よく言われるんだ。あなたを見ていると、A型が几帳面だっていう占いは、本当に当てにならないのがわかるって」

心配そうに近づく東に、鷹栖は必死で取り繕った。

「――――、愛。これ」

しかし東は、鷹栖の手中に手を伸ばすと、何枚ものカードの中から、一枚を抜き取った。

「え？」

鷹栖はそれが骨髄バンクのドナーカードだったことから、驚く以上に唖然とする。

「余計なお節介かもしれないが、お前みたいな立場の奴は、よっぽど落ち着くまでは、登録を解除したほうがいいと思うぞ。俺の知り合いがさ、実はこれで痛い目に遭ってるんだ。善意が仇になって、人殺しって罵られることになったからさ」

「人殺し？」

薬王寺社長に切り出されたときにはドキリとしたが、東に言われたことには息が詰まった。

「ああ。確かにそのときは、バブルが崩壊して大変なときだった。下手をすれば、倒れる会社に巻き込まれて、連鎖倒産なんていうのも、ざらだった。俺の知り合いは、けっこう大手会社の経営者だったから、そのときも必死に会社と社員を守っていた。毎日毎日、スーツを脱がない日なんて、なかったぐらいに、頑張ってた」

東はその場に片膝を折ると、カードを見つめながら、苦笑を浮かべた。

「けど、そんなときにドナーの要請がきたんだ。まだ、日本に骨髄バンクができて、何年も経ってなかったころだから、登録者も少なかっただろうに――、それでも白血球の型式が合う人間が助けを求めてきたんだ。なのに、その男は仕事から手が離せずに、断った。今ここで自分が一定期間の拘束を受ければ、その間に会社がどうなるかわからない。社員やその家族だって、どうなるかわからない。苦肉の選択だったとは思う。だって、もしかしたら、ドナーには他にも候補者がいるかもしれないが、会社や社員には自分しかいない。ここで会社から離れて何かがあっても、誰もなんの補償もしてくれないからな」

その顔は、鷹栖が見知ったホスト・東明の顔ではなかった。まるで、鷹栖が今日まで隠してきた和室のようなもの、これまでには明かすことがなかった、東明本来の素顔だ。

「ただ、俺には、その選択が信じられなかった。俺の考え方は、男とは逆だったんだ。会社には、自分の代わりをしてくれる人間がいるだろう？　でも、ドナーを求める患者には、たった一人の人間しかいないかもしれない。たった一人のその男しか、相手の命を救えないかもしれないのに、どうして断れるんだ？　って。それって、見殺しにするってことじゃないのか？　だったらどうしてドナー登録なんかしてるんだよ。やっと見つかったと思った人間にとっては、そんなのかえって、残酷なだけだろう！　ってさ」

鷹栖は東からカードを返されると、それを握り締めて、彼を見上げた。

「東は、そうやってその男を、責めたの？」

「ああ、責めた。それがきっかけで、絶縁したよ。なんか、これまで積み重ねてきた信頼を裏切られたれように感じられて…。どうしても、許せなかったんだ」

苦しい――――、そう感じながらも、決して視線を離すことはしなかった。

「それで、一緒に自分も傷ついたんだ。今でもその傷が、癒えてないんだ」

「え？」

「そうでなければ、ただの思い出話に、そんなに苦しそうな顔はしてないだろう？」

「愛…」

東は、鷹栖の顔に微苦笑が浮かぶと、少し、しまったという目をした。これは言うべきではなかった、そんなホストとしての反省の色だ。

「でも、俺はその男、東に責められたことでホッとしてると思うけど」

だから、鷹栖はすぐに笑った。

「――――ホッとしてる？」

「ん。たとえばこの話を聞いた全員が、それは仕方が無かった。正しい判断だって、言うかもしれない。どんなに善意があっても、できることと、できないことはある。これは、しょうがない。だから、あなたは悪くないって。けど、結局こういう場合って、自分だけは、そう思えなかったりするだろう。どこかで誰かが責めてくれなきゃ、自分が自分を責め続ける。あの選択は正しかったのかって、自問自答で苦しみ続けるんだ。だから、たった一人でも、面と向かって責めてくれた人がいて、その人が怒って離れていくっていう代償は、その男にとっては救いだったんじゃないのかな？　って」

話の深さ、重さからすれば、決して笑えるようなことではない。が、それより何より東の素顔が見れた嬉しさを優先し、鷹栖ははにかむように笑って話し続けた。

「救い…？」

「ほら、罪に罰って付き物だろう？　この場合、その男にはほとんど罪はないと思う。けど、本人が感じた罪の意識に関しては、罰が下されたんだよ。自分が大事にしていた人間が、傍から離れていく。ちゃんと生きているのに、失ってしまうっていうのは、大きな罰だ。でも、きっとその罰は、その代償は、その男の呵責を消さないまでも、薄れさせたと思う。苦しむ男を、楽にしたと思う。俺はね――――なんて、楽観過ぎるか」

するると、東もどこかホッとしたような顔をした。

「いや。なんか、俺も気が楽になった。愛が言ってくれて、そうか…って、思えた」

素の顔で、わずかだが、笑みも浮かべてくれた。

「なら、そう思えたんなら、時効にしてやったら」

「時効？」

「罰には軽減も付き物だろう。だから、東が本当にその男のことが嫌いじゃないなら、いまでも気にかけている存在なら、仲直りしてもいいんじゃない？　って。こういう言い方は縁起が悪いけど、どちらかが死んでからじゃ後悔するよ。なんで生きてるうちにって…、俺みたいにさ」

「愛…っ」

「もちろん、俺は喧嘩別れしたまま、逝かれたわけじゃないけどね。でも、これが運命だったとしても、やっぱり未だに思う相手はいるよ。なんでもっとああしとかなかったんだろう、こうしとかなかったんだろう。一緒にこれもしたかった、あれもしたかった。もっともっとって、両親にも、先代にも、朱雀監査役にもさ」

鷹栖は、東が本心で笑ってくれたことが、純粋に嬉しかった。これまでだって、この笑顔には元気付けられた。ストレスも解消してもらった。明日への活力をたくさん貰った。いや、買ったと思うが、商売抜きとわかる笑顔が、こんなに嬉しいと知ったことが、鷹栖は嬉しかったのだ。

けれど、それだけに、鷹栖の胸には、すぐに切なさも込み上げた。

東と誰かの関係を心配している場合ではない。こんな説教くさいことを言ってる場合でもない。

それはわかっているのに、これだけは言わないほうがいいんだろうな、逆に言ってしまったら、終わってしまうかもしれないし、後悔してしまうかもしれないという思いが切なくて、鷹栖は行き場のない思いからか、ドナーカードを握り締めた。

「そうか。そうだな。そう考えたら、死んでからじゃ後悔もできないもんな。仲直りって感じじゃないけど、あのときはごめん…って言うぐらいは、してみるよ」

「ん。あ、東。でも、本当にありがとな。俺のために、辛い話をしてくれて。この登録は、マジにひとまず取り消しておくよ」

「ああ」

カードを手帳に終《しま》うと、代わりに財布を取り出し、いつものように札入れに手をやった。と、そんな手を東が止めた。

「愛、今日は本当にいい」

「え？」

「今の話で、俺も気持ちが軽くなったし…。昨夜は俺も本気で抱いた。だから、冗談抜きで今日のこれは出さないでくれ」

鷹栖はどう解釈していいのだろう？　と、ただ戸惑った。

「東――――…」

本気で抱いたという言葉に、期待をしてもいいのだろうか？　昨夜は仕事抜きだったと思っていいのだろうか？　期待と不安が入り混じる。

だが、そんな迷いは、東から自然といつものやりとりを引き出した。

「ただし、それじゃあ不安だって言うならツケにしとくから、次に店に来たときにでも、払ってくれ。なんなら、倍付けにしといてやるからさ」

「え？　倍付けは、やだよ。それなら、今回はお言葉に甘えさせてもらうよ。ただし、俺は甘やかすと付け上がるぞ。踏み倒し癖がついても、しらないからな！」

鷹栖は、ここを逃したら言い出せない。今の気持ちを東に伝えられない気がして、財布を落とすと、東の膝に両手を差し向けた。

「そのときは、そのときだ。また一から支払いのいい子に躾けるだけだよ」

いっそ好きだと言ってしまったほうが、早かっただろうか？　東は鷹栖の額に手をやると、前髪をかきあげながら、撫で付けた。

「なんだよ、それ」

鷹栖は文句を言いつつも、額や頭を撫でられた心地よさから、頬を膨らますに留まった。

『これって、そのときに期待をしてもいいってことなのか？』

それでも、一度芽生えた期待は、膨らむことがあっても、しぼむことはない。鷹栖は、そのままの姿勢で瞼を閉じると、東にキスを強請った。

『それとも、このキスも無料奉仕か？　今日はサービスデー？』

軽く触れ合うだけのキスをもらうと、湧き起こる喜びから、朝日よりも眩しい笑みを零した。

「ま、なんにしてもまずは社長選をがんばれよ。次にお前が来たときには、ドンペリゴールドのシャンパンタワーで祝ってやるから」

「それって、東からのプレゼント？」

その後、東はシャワーを浴びると、野上とはぶつかることなく、鷹栖の自宅を後にした。

「さあな。知りたかったら、勝って店に来ることだ」

「――――怖っ。ボーナス出てから行くとしよう」

鷹栖はいまいち東の気持ちが摑めないまでも、この社長選が終わり、ひとつの区切りがつけば、何かが変わる。東との関係も何か進展するような気がして、今だけは仕事に全力を尽そうと、その日も出勤していった。

7

鷹栖の耳に、NASCITA三度目の激震か？　という知らせが入ったのは、それから数日後のことだった。

「何？　白石支社長が、俺に寝返れって逆切れしてきた？　それをしなければ、自分が義岡氏の後押しに回るって？」

「はい。昨夜の一件で、苦肉の策に出たと思われます。よくよく考えれば、義岡氏はフリーのCEOである以上に短期就任で勤めてきた方です。これまでの会社でも最高三年、それ以上は受けたことがない方ですから、ここで専務に社長の座を明け渡すぐらいなら、三年後にもう一度社長選をと考えたのかもしれません」

「――――浅いな」

そうでなくとも休み無く動き、土日さえとれずに五月も第三週に突入した鷹栖は、野上からの報告に頭を抱えると、大きな溜息を吐いた。

「本当です。あんなことをしておいて、悪足掻きもいいところです」

「浅いのはお前だ」

「え？」

「考えてもみろ。確かにこれから三年経ったら、白石支社長は年を重ねて、不利なるだけだ。だが、義岡を後押しすることで、今とはポジションが変わる可能性はある。義岡という男が内部のいざこざにまで、首を突っ込むとは思えないが…。それでも三年後のＮＡＳＣＩＴＡが、今と同じ状況かと聞かれたら、それはわからない。なんせ最悪を想定した場合、俺は白石社長という後ろ盾を失くしている可能性があるんだからな」

「――――っ」

野上は鷹栖の切り返しに、黙り込んだ。

「わかったか。ああいう卑劣な男は、こっちがあえて考えたくないことまで、想定して交渉してくるんだよ」

「では、どう対抗しますか？」

それを考えるのも、自分の仕事。参謀を請け負う自分の役目とはわかっていても、野上は返答に詰まって、鷹栖に問い返してしまった。

「対抗も何もない。昨夜のことは、こっちも忘れてやるから、代わりに一度まともに考えてみろと、忠告してやれ。ハト派、保守派のトップと言われる白石支社長が、その本心から欲しいものが、果たして〝財を失う可能性がある社長っていう肩書き〟なのか、それとも〝不安なく得続けることができる高収入〟なのかって」

「社長の肩書きか、不安のない高収入？」

「ああ、そうさ。今時、あんな保守的な考えの男が社長になったら、株価が下がるのは目に見えている。いっとき年商が上がったところで、研究開発を控えているような会社、未来に可能性のない会社になんか、投資する株主はいない。これが知れれば、すぐに離れて値が下がる。だが、そうなったら損をするのは、俺より確実に持ち株数の多い白石支社長のほうだ。社長の椅子についたところで、今より確実に儲けは減る。そんなことになるぐらいなら、俺だって自分可愛さで、義岡に票を投じるぞ。そのほうが、たとえ三年でも持ち株で儲けられる。NASCITAが衰退することも、避けられるからな」

しかし、返ってきた答えは、ずいぶんまともで、シンプルだった。

「専務…」

「ついでに言うなら、生意気で悪いが、俺は白石支社長から、支社長っていうポストを取り上げようなんてことは、一度として考えたことはない。多分、これからもない。なぜなら、本社はあくまでも研究開発が中心であるべきと思うから、白石支社長は任せたくないと言っているだけで、営業販売が中心の海外支社なら、彼ほど有能なトップはいない。白石支社長の利益第一主義っていうのは、支社だからこそ生かせる才能であり、手腕だと思っている。だから、白石支社長が変な拘《こだわ》りさえ捨ててくれれば、NASCITAはこれからも栄えるし、儲かる会社だ。たとえ俺が社長に付いたところで、給料なんか、歴のある支社長と、そう変わらないし。なのに、株で儲かるのは確実に白石支社長のほうが多いんだから、このあたりは、もう一度電卓叩いて計算してくれって感じだ」

顔を突き合わせるたびに、若い若いと言われるから反発するのであって、鷹栖本人は、周りが感じているほど白石支社長を毛嫌いしているわけではない。能力的に蔑《さげす》んでいるわけでもないことが、はっきりとわかるものだった。

「ただし、白石支社長の拘りの中には、純粋に自分が継ぎたい、血が繋がらない養子だからこそ、ここで白石家の人間である証、先代社長との兄弟の証を立てたいんだっていう、意外に採算度外視なものもあるかもしれないから、そういう話も一度は振ってみろ。白石社長と先代の悪かった親子仲を、最終的には取り持ったあんただ。案外、言葉のかけ方ひとつで、白石支社長の気持ちも、癒すことができるかもしれない。そもそも、先代が経営方針の違い以外で、義弟に冷たくしたなんて話は聞いたことがないんだから、それをそれとなく確認させてやるだけでも、案外思い直してくれるところが、あるかもしれないからな」

その上、鷹栖は先代から可愛がってもらった分だけ、白石支社長の立場や、しがらみにも、理解しようという気持ちがあった。むしろこれに関してだけは、白石よりも、かなり温和な見方もしている。

「――――……わかりました。専務がそうおっしゃるなら、そのように努力をしてみます」

野上は、これは更に一大事か？　と思っただけに、鷹栖にあっさりとした解決策を出されて、拍子抜けをした。

「ああ。頼むよ。なんにしたって、内部でガタガタしたって、いいことなんてない。そんなことに時間を費やしているうちに、他社に出し抜かれるだけだからな」

あれだけの被害を蒙《こうむ》ったのだから、怒りに任せて「刺客の二、三人を送り込め」と言われたところで、「はい」と返してしまいそうだと感じていたのに、野上はこれでは自分のほうがよほど過激だと思い改めた。

『誰だよ、最初に彼をタカ派だなんて言ったのは。NASCITAの鷹なんて、単なる名前のごろ合わせで、こんなに平和主義なハト派は、いないじゃないか』

やはり、話題によって感情的になるだけで、鷹栖は仕事に対してはひどくクールで、客観的だった。白石のように情だけで物事を運ぶところもなければ、白石支社長のように数字だけで割り切ることもしない。かといって、先代のようなワンマンさもなければ、筒井のような今一歩のところで攻撃性が欠けるということもない。押すときには押す、だが、引くときには引く。決して感情だけでは判断せずに、また数字だけでも判断せずに、臨機応変に立ち振る舞う。

『いや、見た目と半端な観察だけで、彼を誤解していたのは、私も同じだ。彼は確かにトップに立つべき資質を持って、先代の目に留まった。これから先のNASCITAのために育てられ、そして今こそトップに立つべき男だ』

野上は、ことあるごとに自分を奮い立たせる鷹栖という男に、不思議な高揚感を覚えていた。

「さてと、それじゃあ本日も業務に勤しむか」

「――――はい」

鷹栖は野上に快い返事を貰うと、自分のデスクに向かい、目を通す予定の書類を片手に、自分の手帳を取り出した。

『あ、そういえば、連絡。金曜にできなくて、週明けでいいやって、先送りにしたんだっけ』

ドナー登録のことを思い出すと、カードを取り出し電話番号を確認、デスク上の電話に手を伸ばして、受話器を持ち上げた。

ＰＰＰ、ＰＰＰ。

「――――っ？」

しかし、受話器を持ち上げたとたんに、デスク上に置いていた携帯電話が鳴り、鷹栖は電話を持ち替えた。たった今見た気のする発信番号に目を見開くと、鷹栖は着信ボタンを押した。

「もしもし」

〝もしもし。鷹栖愛さんのご連絡先でしょうか？〟

相手は、三十代ぐらいの女性の声だった。

「はい。私が鷹栖愛ですが」

〝こちら、骨髄移植推進財団ですが、このたびＨＬＡ型が適合された患者さんがいらっしゃいましたので、ドナー候補者して選ばれたことを、ご連絡させていただきました〟

「――――!!」

鷹栖は登録してから何年も音沙汰のなかった骨髄移植推進財団からの電話を、初めて受けた。

〝つきましては、これから発送します質問票にお答えを記入し、返信していただけますか？　その後コーディネーターとの面談があり、骨髄提供に関する詳しい説明があります。また、そこでご承知いただけましたら、さらに詳しい血液検査と健康チェックを行いますので、認定病院で検査を受けていただくことになるのですが…〟

はい、わかりました。連絡が来たら、いつでもそう返事をするつもりで登録していたにもかかわらず、ほんの一瞬言葉が詰まった。

こんな時に、まさか本当に連絡が来るなんて――、それが鷹栖の正直な気持ちだ。

〝よろしいでしょうか？〟

「わかりました。で、話が進んで、出向くとしたら、どこまで行くことになるんでしょうか？」

それでも確認を取られると、鷹栖はこちらからも問い返した。

〝都内ですと、いくつかあるのですが、鷹栖さんのご住所からだと、一番近い広尾の東都大学医学部付属病院になると思います〟

「東都医大」

あまり重なった偶然のためか、鷹栖は「そうですか」としか、答えられなかった。

『朱雀監査役』

東都大学医学部付属病院は、同グループ内の病院である以上に、鷹栖にとっては、朱雀が入院し、他界した病院だ。

「わかりました。では、書類を送ってください。住所変更はありませんので」

鷹栖は、一瞬とはいえ戸惑い躊躇い、返事が遅れた自分を悔いながらも、電話が終わると通話を切った。その後、卓上に置かれた手帳を開き、五月のスケジュールを確認した。

『問診に面談に検査…か。その上で、健康が確認されて、骨髄液の提供者になることが決定すれば、最低一週間は拘束される。ただ、ドナーになるのは、あくまでもボランティア活動だ。こちらの都合が悪ければ、別に断ることもできる。日にちをある程度までなら、ずらすことも可能だろう。ということは、すべて社長選のあとにと、願い出ることは可能だ』

社長選までは、三週間もない。引っ張ろうと思えば、できなくはない日程だろうとも思えた。だが、ドナーを待つ患者やその家族が、一日千秋の思いだということはわかっている。それがわかっていて、鷹栖には自分の都合を優先することは、不可能だった。

『患者の様態によっては、待たせた二週間、三週間の遅れが、命取りになる可能性もある。せっかくドナーとして適合しても、間に合わなければ、意味がない。受けるなら、やはりこちらの都合ではなく、患者の容態を優先するべきだろう』

鷹栖は手帳に挟んだドナーカードを手にすると、静かに深呼吸をした。

「専務？　今のお電話は？」

鷹栖の異変に気付いてか、野上は心配そうに声をかけてきた。

「なんでもない。個人的なことだ」

鷹栖はカードを終って、手帳を閉じると、それ以外のことは言わなかった。

「専務？」

「男じゃないから、安心していいよ。自分で言ったことは守るって」

「――――さようですか」

野上はそう答えると、鷹栖から視線を逸らした。

＊＊＊

鷹栖のもとに骨髄移植推進財団からの問診票が届いたのは、翌日のことだった。鷹栖は今現在の健康状態を確認するそれに回答を記入すると、即日ポストへ投函した。すると、その後すぐに担当コーディネーターからの連絡があり、面談をすることになった。骨髄提供に関する詳しい説明を改めて受け、そこで納得をすると、次は認定病院である東都大学医学部付属病院まで出向いて、より精密な適合度を調べるための血液検査と、健康チェックをすることになる。そうして、慌ただしい日程の最中ではあったが、鷹栖はすべての項目を順調にクリアしていくと、五月の下旬には医大内にある健康管理センターの一室で、最終的な本人確認を迎えることになった。

「素晴らしい健康状態ですね。これなら、安心して骨髄採取をお願いできます」

「はい」

本当なら、家族の立会いと同意を必要とするのだが、鷹栖には家族がいないために、本人の確認のみとなる。なので、ここで承諾をすれば、鷹栖は入院、社長選からは離脱することになるのだが、鷹栖はここまで来て、今にも呼吸が止まりそうな緊張感に苛まれていた。

「では、よろしければ、こちらの同意書にサインをお願いします」

有給だけなら山ほど余っていた。が、今はそれを使う使わないの問題ではない。実際、社長選以前に、従来こなしてきた専務としての業務だってあるわけだが、ここ数日のコーディネーターとのやり取りや検査のために都合した時間だけで、すでに予定は大狂いだった。

それとなく別件を装い、野上に都合はつけてもらったが、それだけを見ても、鷹栖はこれまでにはしたことがないような迷惑を会社にかけた。自分ほどの立場だから「申し訳ない」の一言で許されるが、これが働き盛りの社会人だったら？　派遣やパートという立場のものだったら？　そう考えると、鷹栖はどんなに善意があったところで、ドナーになることの難しさを我が身で知った。束の知り合いが、どうして断るしかなかったのか、それも気持ちだけなら理解ができた。

しかも、骨髄液を採取するさいの手術は、そう難しいものではなく、骨髄に四箇所ほどの針を刺し、骨髄液を５００～１０００ml採取するだけだ。が、ここで全身麻酔を使うために、個人差はあるが、稀に後遺症を発生するドナーがいる。となれば、最後の最後に怖気づき、ドナーになることを断念する者が多いとしても、決して責められることではない。場合によっては、家族がそれを許さないことだって、有り得ることだ。

「っ…っ、一日。いえ、あと一時間だけ、もう一度考えさせてもらっても、いいですか？」

鷹栖は、いざ同意書を目の前にすると、自分でも予想していなかったことを口走った。

「え？」

「あ、いえ。すみません。やっぱりサインをします」

相手に驚かれて、ペンを持つ。が、その手から緊張が解けることはなかった。

「鷹栖さん…」

すると、鷹栖の担当コーディネーターを勤める女性は、鷹栖に微笑を浮かべた。

「いいえ、考えてくださって、いいんですよ。これは、強制ではありません。一度ドナーになることを決定してしまえば、患者さんは移植のための治療に入ります。鷹栖さんから移植を受けるために自身の骨髄液をすべて排除します。強力な免疫抑制剤や抗癌剤の投与、大量の放射線照射を行います。それを始めてからでは、患者さんの生死に関わるので、移植を取り消すことができません。なので、むしろ断っていただくなら、今しかないんです」

こういうケースを多々見てきているのだろう、むしろ鷹栖が罪悪感を持たないように、気を配ってくれた。

「――――でも、その患者さんは、移植手術を待っているんですよね」

鷹栖は、そんな担当者と話すうちに、自分の中で再確認をした。

「え？」

脳裏には、東が見せた苦渋の顔が浮かんできた。

「不安と恐怖の中で、病と戦いながら、俺からの移植手術を待っている。だったら、やはりここで一時間悩むより、一時間でも早く、移植手術をしてあげるほうがいいです。私のほうは、特に都合はありませんから、すぐにでも採取入院ができますし」

病床でドナーを待ち続けた朱雀や、両親の顔も、次々と浮かんできた。

「鷹栖さん」

「サイン、しますね」

しかし、どれほど確認を繰り返し、自身が納得したところで、鷹栖にとってこの同意書へのサインは、先日綴ったばかりの辞表の文字と、同じ覚悟を必要とした。

『――――これで、間違ってないよな。朱雀監査役』

ＮＡＳＣＩＴＡの社員規約には、ドナーになることを前提にした休暇設定はない。なのに、鷹栖は病で倒れたわけでもなければ、近親者の葬儀があるわけでもない。何物にも該当しない突然の長期休暇に対して、鷹栖はなんの言い訳もできない。

『次に会ったときに、俺がお前を傷つけることだけはないよな、東』

これが通常であってもそう感じるだろうに、今は社長選も終盤、決議も間近。となれば、周囲にかける迷惑の度合いは、測りきれない。これまでに築いてきた信頼だって、どうなってしまうのか、予想もつかない。善意だけでは、会社は動かない。自分が穴を開けることでもたらす損害は、決してゼロではない。だとしたら、鷹栖は自分ごときの力では、なんの責任も負いきれない。できることがあるとすれば、綺麗に引継ぎをすることだけ、そう感じたのだ。

『そう、俺は一つの歯車だ。NASCITAにとっては、欠けたところで、誰かが補えるだけの存在だ。俺がいなければなんてことはない。NASCITAには、腹立たしいぐらい、有能な人材がいる。そう思えば、後悔はない』

鷹栖は、以前薬王寺に言ったように、俺一人がいなくてもNASCITAは揺るがない、なんでもないだろうと思っていた。と同時に、これをきっかけにして、こういう場合の社員への補償問題や業務免責の有無を検討してもらえれば、たとえ一時騒がせることになったとしても、自分の行動が無駄になることもないとも思った。

『ちょっと未練はあるけど…、それはお愛嬌だ!』

鷹栖は、診断や面談を終えると、大きな溜息は吐いたが、清々しい気分で、院内から外へ出た。が、ちょうどエントランスから出たばかりのところで、見知った男と鉢合う。

「よう、過激派専務。久しぶりだな」

「――黒河先生！」

相手はこれから出勤らしい、私服姿の黒河だった。

「何してんだよ、こんなところで。まさか、体調でも崩したのか？　野上の奴にこき使われすぎたとかで」

白石が溺愛し、心身からの支えとしている天才外科医は、白衣を脱ぐと、東にも負けるとも劣らない、艶と色気を放つ男だ。

「いえ、選挙活動です。野上にこき使われているのは確かですけど、今日は別です。ちょっと、ここにいるNASCITAの株主たちに挨拶に来ただけです。ほら、和泉院長とかに」

鷹栖は、そんな黒河相手にそれらしいことを言うと、普段どおりに振舞った。

「あ、なるほどね。大変だな、お前も。次から、次へと」

「黒河先生ほどじゃないですよ。あ、消防車や救急車のサイレンが、やたらに聞こえてきましたけど、あれっていずれはここに来るんでしょ？」

黒河は、とくに鷹栖の来院理由を疑うこともなく、すぐにサイレンのほうへと意識を向けた。

「っ！　やべぇ。こりゃ、大量だ。あ、鷹栖。社長選、頑張れよ。朱音も期待してるからな」

「はい！」

エントランスから従業員用の出入り口がある裏手へ走ると、あっという間に鷹栖の前からは、姿を消した。

＊＊＊

鷹栖が辞表を提出したのは、同意書にサインをした一週間後のことだった。

二日後には社長選の決議を取る株主総会が開かれるというのに、NASCITAには事実上、三度目の激震が走ることになった。

「このようなときに申し訳ありませんが、一身上の都合により、本日付で退職させていただきたいと思います。引継ぎに必要な書類やデータは、デスクの上に揃えておきました。なので、今度こそこれを受け取ってください」

鷹栖は、野上に同行を求めて、社長室を訪れていた。

「――――鷹栖？」

白石には、鷹栖の行動が突然すぎて、理解ができない。

「これまでお世話になりました。わがままばかりで期待に添えず、申し訳ありませんでした。それでは、失礼します」

「専務」

「鷹栖専務!!」

野上にしても、方城にしても、背中を向けて立ち去った男の名前を、呼ぶばかりだ。

「野上先輩、どうなってるんですか!!」

「野上、どういうことだ？　これは」

「っ…、私にも理由は――――」

ただ、野上はここ最近に起こったスケジュールの変更に原因を感じると、そのきっかけとなったであろう、一本の電話のことを思い出した。

〝東都医大〟

あの時、会話の途中で聞き馴染んだ病院名が出たことから、野上はふいに視線を向けた。

〝なんでもない。個人的なことだ〟

鷹栖が手にしていたのは、手帳の中に挟みこまれていた一枚のカード、野上が目にしたことがあるのは一度きりだったが、あれは間違いなく骨髄バンクのドナーカードだ。

「いえ、一つだけ心当たりがあります。すぐにあたってみます」

野上は、薬王寺のところで交わしたやり取りがあるだけに、あれに間違いないと直感した。

「頼むよ、野上。社長選も大事だが、そんなことより今は、鷹栖自身が気になる。この前みたいなことがあったばかりだし、何かトラブルに巻き込まれていたら、大変だから」

「――――…はい。わかりました」

白石に一礼をすると、その足で社長室から足早に出て行った。

「あ、方城。ここはいいから野上と行って。あ、理由がわからない限り、鷹栖を責めるなよ」

「っ、はい。ありがとうございます、社長」

そわそわとしていた方城も、白石の気遣いで、野上の後を追う。

「鷹栖…」

部屋に一人残った白石は、鷹栖が残した辞表を手に、溜息を吐いた。


どんなに完璧な引継ぎを準備したところで、白石たちには大混乱を引き起こしたまま会社をあとにすることになった鷹栖は、一度自宅に戻ると、私服に着替えて病院に向かった。

『あー、さっぱりした。風が気持ちいい。そういや、新緑の季節だったんだよな～』

骨髄液の採取手術がおこなわれるのは、ちょうど社長の決議がされる二日後の土曜日だった。

だが、事前に術前健診や採取に伴う貧血防止のための自己血採取のため、鷹栖は今日から東都医大の特別病棟に入院する。だが、院内での検査関連が終わってしまえば、自然と時間をもてあます。鷹栖は思いついたように病棟の屋上へ上がると、持ち込んでいた携帯電話をオンにした。

『今のうちに、ごめんぐらい言っておかなきゃな。せっかく忠告してもらったのに、これだし』

陽が落ちる前だったことから、東の携帯電話に、直接連絡を入れた。

『でも、こんなにすっきりした気持ちで、選択できたのは、東のおかげだ。会社を辞められたのは、東の話のおかげだからな――――え？』

しかし、鷹栖の耳に聞こえてきたのは、この番号は現在使われておりませんという、音声案内だけだった。なら自宅は？　と、続けてかけるが、聞こえてきたのは、やはり無機質な音声案内。

「東？」

鷹栖は、込み上げる胸騒ぎを抑えて夜を待つと、今度は病棟のフロアに設置された公衆電話から、店のほうに連絡を入れた。

〝はい。クラブ・クラウンです〟

「あ、もしもし。俺、鷹栖。その声、ユウキくん？」

〝あ、鷹栖さまですか？　はい、ユウキですが〟

「東、いる？」

余裕のない会話をしてしまったが、鷹栖はすぐに東を呼んだ。

〝いえ、今日は欠勤です〟

ユウキは、答えにくそうだった。

「それって、居留守？」

鷹栖は苛立ちが抑えきれずに、つい語尾がきつくなる。

〝え!?　どうして、そんなことをおっしゃるんですか？〟

「だって、東のやつ、携帯の番号を変えたみたいなんだけど、何も連絡してこないんだ。自宅もそうだし、その上欠勤だなんて見え見えな嘘吐かれたら、そう思うだろう」

憤慨だけで終わるならいいが、鷹栖は声を荒げたあとには、切なくなった。こんなに声が聞きたい、できることなら会いたいと思っているのに、何一つ叶わない。込み上げてくるのは、嫌われたんだろうか？　という、絶望感ばかりだ。

〝いえ、違います！　本当にマネージャーは、出勤してないんです。俺たちに店を任せて、長期休暇を取られているです〟

「長期休暇？」

けれど、鷹栖はこれまで一度として聞いたこともないような説明をされると、不安になった。

〝理由は、俺たちスタッフにも良くわからないんですが…。ただ、鷹栖さまにだけは、来店したら渡してくれって申し付かった、預かり物があります〟

「東から俺に？　それって、何？」

〝お祝い用のドンペリゴールド十本と、お手紙らしきものです〟

「手紙？」

心なしか、声が震える。

〝本当に手紙かどうかは、わかりません。ただ、封筒なので、それっぽいかな…って〟

「そう――――。あ、ねぇユウキくん。申し訳ないんだけどさ、ユウキくんの名前で好きなボトル入れていいから、その手紙っぽいものだけ、俺のところに届けてくれない？　やけに気になるから、すぐにでも確かめたいんだけど、今店には行けない場所にいるんだ」

見ないほうがいいのだろうか？　と、心の片隅では思う。けれど、こんな気持ちではいられない。どんなことでもいいから知りたいという気持ちに、敵うものがない。

〝え？　まさか名古屋ですか？〟

「こんなときに、いい冗談かますね。いくら俺でも、それなら宅配便で送ってくれって言うよ」

〝すみません！　つい…。でも、そうしたら、どちらにお届けすればいいんです？〟

「広尾にある、東都大学医学部付属病院って知ってる？　そこの特別病棟に入院してるんだ」

鷹栖は、音信不通となった東から残されたものが知りたいという欲求に負けると、ユウキに使いを頼んだ。

〝ええ、入院⁉〟

「あ、病気じゃないから、心配はいらないよ。人間ドックみたいなものだから」

〝はあ…。それなら、安心ですが…。では、今からすぐに行きますね。これ以上遅くなったら、面会もできないでしょうから〟

「ごめんね。じゃあ、頼むよ」

通話が切れてもしばらくは、受話器を置くことができなかった。


一時間もしないうちに、ユウキは東からの預かり物を持参し、鷹栖が入院している病棟の個室へとやってきた。

「何だこれ？　うちの合鍵に通帳が四冊とキャッシュカード…？　あ、手紙もあるか」

鷹栖はユウキから渡された封書の中身を確かめると、最初に手紙から開いた。

「酒は社長就任祝いに、俺からのプレゼントだ。店のみんなと飲んでくれ。あと、俺はしばらくホスト修行の旅に出ることにした。最強のホストになるまで、帰らない。だから、預かった鍵は返しておく。いつかまた、縁があったら指名してくれ――」

あっけらかんとした文面に、鷹栖は首を傾げた。

「あとは、カードの暗証番号。３４７５…、３４７…、さよな…ら？」

だが、最後に綴られた四桁の数字を見つめていると、嘘だろう？　と、自問する。

ハラハラとした様子で見つめるユウキを他所に、鷹栖は四冊もの通帳に視線をやった。

「―――マジかよ。最初の通帳の日付が、九年前って。え？　じゃあ、これは、俺が一人で東のところに通い始めた頃からのものなのか？　東がまだ、硝子の月にいたころから、俺が払ってきた金が、全部預金されてるってことなのか？　この四冊に」

一冊一冊中を確かめ、東の意図を探る。

「しかも最後の入金は…、別れた日だ。お金は渡してないのに、入ってる」

鷹栖は一番新しい通帳の最終入金を見ると、今度は五桁の数字を眺めた。他は六桁から、時には七桁という数字が並んでいるのに、最後のこの日だけが、五桁の数字だ。

『一万四千百六円　１４１０６―――。でも、カードの暗証番号は、３４７５』

手紙では綴れなかった東の思い。

『愛してるけど、さよなら。いや、違う。これは、愛してるから、さよならって意味だ』

あれほど会話を交わしてきたのに、言葉にはできなかった東の思い。

『この金は、東が初めから俺に対して、ホストに徹することができていなかったって証で…。俺に貢がれたふりをして、実は…東のほうが俺に貢いでたってことで…。でも、俺は、これまで本気で口説いてきたホストは、全部切ってきた。相手が仕事を超えてきたら応えられないから、一人残らず切ってきた。どんなに、こいつもいいなと思っても、多少目移りしても、相手が本気になったとたんに、口裏を合わせたように〝俺以外のホストは切ってくれ。まずは東を切ってくれ〟っていうから、それで駄目になって。結局、俺を拘束しない東としか、長続きしなくて…』

鷹栖は、最近になって、不思議に思った言動を取ったときの東を思い起こすと、手紙や通帳を持った手が、小さく震えた。

〝愛〟

〝———何？　珍しいな。店でこんなちょっかいをかけるなんて〟

〝最近、以前にも増して、お前が可愛くてしょうがないんだ。なんでだろうな？〟

東が向けてくれた笑みを思い起こすと、その震えはいっそうのものになった。

〝それは新手の口説き技か？　それともニューボトルの催促か？〟

〝そうじゃないって。たまには、素直に受け取れよ。これは料金外だ〟

額にも、頬にも、こめかみにも、東は軽く触れるようなキスをした。

〝なら、あとで倍になって請求されそうだけど、今はありがたく受けておくよ〟

〝毎度あり。次はピンクじゃなくて、ゴールドで乾杯しような。取り寄せておくからさ〟

〝げっ。やっぱりそうじゃないか。この商売上手め〟

さりげなく抱き寄せる腕の強さが心地よくて、鷹栖はいつだって気持ちよく、東に自分を任せていた。

『でも、東も…、本気だったんだ。俺と切れないために、俺に合わせてくれただけで、本当は、

他の奴等と同じことを言いたかった。したかったんだ』

鷹栖は、足元から力が抜けていくと、その場に立っていられなくて、ベッドにストンと腰を下ろした。

『けど、それが限界だった。次には、もう同じ顔はできない。してられないってとこまできたから、俺に切られる前に、自分から退いた――』

手の中に残された東からの九年分の愛を、両手でそっと抱き締めた。

『今回、俺が一時離れるって決めたのを節目にして、東は俺から離れることを決めたんだ』

「鷹栖さま」

ユウキが、どう声をかけていいのかわからず、眉を顰める。

「なんだ…。今度店に来る時はって…、こういう意味だったんだな。最後のプレゼントをするつもりで、この金や鍵を、俺に受け取らせるつもりで…」

鷹栖は、そんなユウキを見上げると、今にも泣き出しそうな顔で、笑ってみせた。

「それでも、いつもと同じように笑顔で部屋を出て行ったのは、きっと最後の気遣いで…。いや、東からの愛で、俺が仕事に集中できるように気を配って。きっと、それで…」

誰に聞かせようというのか、とりとめもない言葉ばかりが口をつく。

「馬鹿みたいだ。会社を捨てた俺には、東しか残っていないのに。会社から離れたからこそ、今からでも自分の気持ちに正直になりたいって、思っていたのに――」

今にも失笑しそうな鷹栖の目には、見る間に涙が滲んでくる。

「鷹栖さま…」

「あ、ごめん。手間かけさせて。ありがとう…。これ、ボトル代にして」

それでも鷹栖はユウキの前では、涙を零すことはしなかった。ベッドサイドに置かれたテレビラックの引き出しから財布を取ると、ユウキが好んで入れそうなボトル代を引き抜き、二つ折りにすると差し出した。

「いえ…、いいです。これは、俺の気持ちで届けにきたものですから」

「いや、そんなことといいから、受け取って。一段楽したら、店には顔は出したいから。誰も指名しないと思うけど、また飲みに行きたいとは思うから」

「っ、はい。じゃあ、これはお預かりして、鷹栖さまの名前で、何か入れておきます。だから、ぜひ、退院したら、飲みに来てくださいね」

ユウキは鷹栖の気持ちを汲み取ると、この場で出された現金を受け取り、一礼したのちに退室していった。

『誰も指名しないけど――――か』

鷹栖は、手にした財布を引き出しに戻すと、ベッドの上に置いた貯金通帳を、もう一度手にして中を開いた。

「それにしても、すごい金額だな。これ、俺が束だけに使ったんだよな？」

中には、呆れるぐらいの貯金があった。鷹栖が持っている今現在の貯金より、何倍も多い。しかし、紙の上に並んだ数字は、鷹栖を何一つ癒してはくれない。慰めてもくれない。声をかけてくれることもなければ、笑ってくれることもない。

「なんか、これだけで会社の一つも興せそう。何もかも、一から…、やりなおせそう」

鷹栖は、これが〝楽〟の代償なのだと悟ると、込み上げてきたものに睫が震えた。離れてみて初めて覚える胸の痛み、苦しさ、喪失感、これがあるからこんなにも、自分が束を好きだったと知ることができる。愛していたんだと痛感できるのだと感じた。

こんなにも、自分には何もない。何一つ残っていない。鷹栖は、そう感じたことがなかった。

「って、いるかこんな金。ふざけるな！」

鷹栖は手にした通帳を握り締め、思い切り振りかぶると、思わず上がった悔恨の声と同時に、手にした一冊目を病室の壁に投げつけた。

「何が、ホスト修行だ。旅に出るだ。最強のホストになるまで、帰らない？　いつかまた、縁があったら指名してくれ？　ふざけるのも、大概にしろ！」

二冊目も、同じように投げつけた。

「だったら、本気で口説いてから行けよ。本気で俺を奪いに来て、それでも他のやつらみたいに、ふられたっていうなら、旅にでもなんでも行けよ」

三冊目、四冊目と投げつけると、堪えきれずに涙が溢れた。

「だから、好きになりたくなかったんだ。誰も、好きだと認められないんだ。俺が好きになる人は、大事に思う人は、みんな俺から離れていく」

悔いたところで、始まらない。言い訳さえ利かない。鷹栖は腰をかけていたベッドの布団を握り締めると、零れ落ちる涙を拭うこともできずに、ポタポタと落とした。

「両親も、先代社長も、朱雀監査役も。結局東も…、生きているのに、もう会えない。もう会えないなんて、どんな罰だよ？　俺がしてきたことって、そんなに罪深いことだったか？」

残された手紙とキャッシュカード、そして合鍵を見つめながら、誰でもいいから俺に答えをくれ、返事をくれと思った。

「でも、だとしても、これが身を呈して見ず知らずの他人を助けようとしている人間に対してする仕打ちなのかよ!?　会社まで辞めて、人助けしようと決めた人間に対する仕打ちなのかよ？　だとしたら、神も仏もあったもんじゃないぞ。俺が、俺がここまで悲惨な目に遭わなきゃいけないほどの何かをしたのかよ!!」

「しましたよ」

すると、その答えは病室の入り口から返ってきた。

「っ!?」

「彼があなたにしたことと、あなたが我々にしたことは、そう大差はないでしょう？　あなたを慕っているからこそ応援した。あなたを信じているからこそ、一緒に戦ってきた。なのに、いきなりポイと投げ出された我々と今のあなた、そう気持ちは変わらないと思いますが」

ワンルームマンションのような個室の出入り口、ベッドを直に見せないための衝立《ついたて》の陰から、不満を露にする野上が姿を現した。

「それに、同じぐらい腹も立てていますよ。特に社長や筒井常務はカンカンです。こんな理由で辞表を出すなんて、どうして堂々と休暇願いを出さなかったんだって。鷹栖専務は、そもそもNASCITAという会社に勤めている自覚がなかったんじゃないかって、それはもうご立腹です。この先、覚悟してください。社長も常務もああ見えて、けっこう根に持つタイプですからね」

「な、なんで、全部バレてるんだよ」

鷹栖は泣き顔を隠すことさえできないまま、ポカンとする。野上は呆れて、肩を落とした。

「はあっ。ここをどこだと思ってるんですか？　東都大学医学部付属病院ですよ。ここにあなたが入院してきて、我々の耳に入らないはずがないでしょう？　いくら病棟が違うとはいえ、内科には和泉院長の息子さんの聖人《まさと》さんだっていらっしゃる。朱雀監査役の幼馴染である伊万里渉《いまりあゆむ》先生だっていらっしゃる。そうでなくても鷹栖専務は、NASCITAの過激派専務として、名前も顔も知られてるんですよ。たとえ、バッタリ出くわした黒河先生をごますことができたとしても、到るところからバレますって。それこそ入院された理由まで、しっかりと！」

「――――…っ」

言われてみれば、もっともだった。確かにバレないはずがない。鷹栖は声を詰まらせると、今度は自分が返す言葉を探してしまった。

「ということで、この辞表は無効です」

野上はスーツの内ポケットから辞表を取り出すと、鷹栖の目の前で破いてみせた。

「あ、また!!」

「またって何ですか、またって！　同じことをさせてるのは、あなたでしょ！　だから、まだまだ子供だって言うんですよ。若いを通り越して、あなたの行動は、独りよがりな子供と一緒です。いい加減に自覚して下さい！」

鷹栖がちょっとでも柳眉を吊り上げようものなら、傍まで歩み寄って怒鳴りつけてきた。

「っ!!」

そうして、反射的に肩をすぼめた、鷹栖に言う。

「あと、これは社長からの伝言です。一つの命のためにすべてを投げ出せる社員を、私は誇りに思う。そういう志の者にこそ、NASCITAは受け継いでほしい。だから、こうなってしまったら、中立宣言は撤回して、私が社員を説得する。株主たちを納得させる。持ち株数にものを言わせるのではなく、心で伝えて、結果を出せるようにする。だから、そのつもりで、これからの入院期間を過ごしてほしい。退院してきたら、必ず出勤してきてほしいそうです」

これまでには聞いたこともなかった優しい響き、少し甘めのトーンで、言伝てを口にする。

「いいですね」

鷹栖は、顔を伏せると、声も上げずに泣き崩れた。

「っ…っ」

野上は、鷹栖の手元にある手紙を見ると、微苦笑を浮かべた。

「でも、ほら。手紙には、いつかまた縁があったらって書いてあるじゃないですか。こうして書いてあるってことは、彼があなたに一生会うつもりがないとか、そういうことではないですよ。たんに次に会うときには、私情に流されることはしないっていう、意味ですって。けど、だったら、そういう彼を、今度はあなたが口説けばいい。再会したときに、今と気持ちが同じなら、また彼の元へ通い詰めて、落としたらいい。こうして軍資金ももらったことですし。でしょう?」

戸惑いながらも自然と伸びた手が、鷹栖の肩に触れた。

「あなたほど魅力的な方なら、造作もないことですよ。その上ドナーとしての役割、NASCITAの社長選勝利と就任、すべてをクリアし立派な社長として君臨したあなたになら、必ず彼はまた落ちます。たとえそういう縁に恵まれなかったとしても、きっとその時には、彼以上に素晴らしい相手と巡り会い、これまで以上の恋もしているはずです」

「野上…っ」

鷹栖が思わず彼の腕に縋ってしまったのは、これまでと変わらない信頼を感じたから。優しさと労《いた》わり、気遣いを感じたから。

「そうでも思っていないと、失恋はバネになりませんよ。これは、私の経験からですが」

何より同じ胸の痛み、切なさ、それを乗り越えた強さを感じたから、鷹栖は肩を軽く抱き締めてきた野上の腕に、今だけは縋った。

『――――…っこの、舅がっ。それでもお前は、朱音さん、朱音さんなくせして。今だって…、社長が一番のくせして』

今だけは許されるような気がして、自分を支えようとしてくれる秘書の腕に、傷心を委ねた。

しかし、それでもすぐに面会時間終了のアナウンスは流れてきた。

鷹栖は目を赤くしながらも、野上をエレベーターフロアまで、送っていった。

「では、また改めて参ります」

「ん。社長に、よろしく」

野上は到着したエレベーターに乗り込むと、扉を開いたままの姿勢で、笑った。

「あ、そうだ。前々から一度は言おうと思っていたのですが、社長は〝好き〟は好きと、はっきりと言われるほうが、喜ぶタイプです。特に今は、それが生きていく力になっている方ですから、専務も変なジンクスに惑わされず、ちゃんとお気持ちを伝えてあげてください」

「えっ!?」

鷹栖は思いがけないことを言われて、目を見開いた。

「社長は、どこにも行かれません。我々の傍からも、専務の傍からも、決してNASCITAからも離れることはないです。消えてしまうことは、ないですから。ね」

わかっていたのか――――。そう、心が呟いた。

野上は「それでは」と言って頭を下げると、扉を閉めて、帰っていく。

「好き…は、好きか」

鷹栖は一人呟くと、その言葉の優しい響きに、何か照れくささを覚えた。声に出して聞かせることの大切さを、心から感じた。そして、たった一言を告げる勇気が、時には大きな力になる。与える側も貰う側も、大きな喜びを得るのだと気付くと、鷹栖の顔にはこれまで以上に晴れやかな笑みが浮かんだ。

「さてと、今夜はゆっくり寝るか――――」

病室へ戻るとすぐに横になり、いまは二日後に控えた手術のためだけに、身体を労わることを選択した。

エレベーターが一階に着くと、野上は特別病棟から続く、一般病棟へと歩いた。

『はぁっ。それにしても、彼が専務から離れるなんて、思いもよらなかったな。これでわけもわからないまま辞表が受理されていたら、さすがの専務でも、立ち直りが利かなかっただろうに』

広々とした病棟内の廊下を足早に歩くと、駐車場に近い出入り口へと向かう。

『東明…か。結局あれから時間が取れず、店にも行けなかったが、貧血は良くなったのか？』

と、鷹栖の延長には常に東の存在があったためか、野上は鷹栖が克に襲われた日のことを思い出した。あの日の夜、鷹栖からの誘いを断った野上が向かったのは、東の店だった。さすがにもう一度店内に踏み込むことはしなかったが、野上は代わりに店の外から電話をかけると、東を呼び出し、率直に最近の体調について問いかけた。

〝別に、なんともないって。なんでそんなに人を病気にしたがるんだよ、あんた〟

東はあからさまに嫌そうな顔をした。

〝したくないから、言ってるんです。思い当ることがないなら、かえって検査だけでも受けたほうがいいですよ。どんな病気でも、早期発見が、一番大事ですし〟

〝ふざけるなよ。誰が病気なんだよ。俺は、別に――――っ…っ〟

だが、立ち話を続けていると、東は再び野上の前で身体を揺らした。

〝東さん!!〟

〝慌てるなって。も…、降参だよ。本当は、近頃貧血気味なんだ〟

観念してか、自覚症状があることを漏らした。

〝貧血?〟

〝かっこ悪いから、愛には言うなよ。と、鳴ってるぜ、携帯。愛かもしれないぞ〟

〝――――っ〟

話に割り込むように鳴った携帯電話のために、話はここで途切れた。しかも、電話が〝鷹栖のマンションで克を見かけたのが気になる〟という方城からのものだったので、野上は東と共にいやな予感に駆られると、その足で鷹栖の自宅へと向かった。

『いや、あそこで連絡を貰わなかったら、専務はどうなっていたか、わからない。何より、あのタイミングでなければ、駆けつけたところで、私と方城では部屋の中には入れなかった。あの時部屋に入れたのは、彼が合鍵を持っていたからだ。方城でさえ見たこともなかったという、鷹栖愛の部屋の鍵を』

あとは、着いてみたら案の定という感じで――――、野上はそれからしばらくの間、白石支社長や克、ハト派の動きに目を光らせるのに、気を取られ続けた。正直今日まで東のことは思い出している暇もなかったのだが、ここに来て思い出すと、そういえば貧血は良くなったのだろうか? と、頭に過ぎった。

「――あれ？　野上くん？　どうしてこんなところへ？　まさか、朱音くんに何か？」

しかし、考え事をしながら歩いていると、駐車場で薬王寺とバッタリ出会い、野上は心配そうに声をかけられた。が、そんな薬王寺を見ると、野上は自ら歩み寄った。

「薬王寺社長。いえ、うちの社長は無事です。私は、ちょっと用があって、来ただけなので。それより、どうなさったんですか？　薬王寺社長こそ顔色が優れないですが、どこか具合でも？」

「私ではなく、息子がね」

そう答えた薬王寺は、駐車場のライトの下でもわかるほど、以前に比べてゲッソリしていた。

「息子さん？　というと、常務の稔明さんですか？」

野上は驚いて聞き返した。

「いや、そうじゃないんだ。実は、ずっと家出をしていんだが、うちには息子がもう一人いるんだ。稔明の上に、東明というのが。ほら、以前君が行きがかりで変な写真を撮られた相手がいただろう？　本当は、あの男がそうなんだ。あれを手がかりに、やっと見つけたと思ったら、朱雀くんと同じ病気で――、今はこちらにお世話になっているんだよ」

「朱雀監査役と同じって…」

『急性骨髄性白血病――東さん！』

言葉にすることもできない衝撃が、野上を襲う。

「幸い、早いうちにドナーが見つかり、骨髄移植ができることにはなったんで、良かったんだが。ただ、だから必ず助かるという保証がない。それは、本人が一番わかっているみたいでね」

東の顔が、鷹栖の顔が、ぐるぐると脳裏に浮かんで、どうにもならない。

「ようやく私を許してくれたと思ったのに、元の親子に戻れると喜んでいたのに、あの子は目の前で倒れて――――。私は、今になって、過去に犯した罪の重さを知ることになったよ」

「薬王寺社長」

「私に、私に鷹栖くんほどの強い意思があれば、よかったのかもしれない。社員への信頼、東明への信頼があれば、こんなふうにはならなかったのかもしれない。だが、それにしたって、息子にはなんの罪もない。東明には、なんの罪もないはずなのに…。どうして、こんなことに」

野上は薬王寺から、彼が昔、ドナーに選ばれながらも断ったことがある、そのために息子の信頼を失くし、家を去られ、今に至っていたことを聞かされると、薬王寺がなぜあのとき写真を出して、鷹栖にではなく、野上に向かって問いかけようとしたのかが理解できた。あれはスキャンダルのことを言いたかったのではなく、たんに一人の父親として、野上に東の居所を聞きたかったのだろう。もしかしたら、友人として付き合っているのか？　と、期待もしたんだろう。

「すまないね、こんな話をしてしまって。二日後には総会だ。忙しい最中に、足を止めたね」

薬王寺は、行き場のない思いを野上にぶつけたことを後悔したのか、立ち話を終えるころには、申し訳なさそうな顔をしていた。

「いえ、そんなことは。それより薬王寺社長、もし差支えがなければ、息子さんの血液型をお聞きしてもいいですか？」

しかし野上は、思いがけないところで薬王寺と関係が深まったことから、一歩踏み込んだことを訪ねた。

「血液型？　ああ、A型だよ。朱雀くんのような特殊な血液型でなかったことが救いだった。そうでなければ、数百人から数万人に一人の適合確率といわれるでHLA型で、ドナーに巡り遭うことは難しかっただろう。兄弟間や親族で誰一人として合わなかったときには、もう駄目かと思ったが――――。ここだけは本当に、幸運だった」

「では、手術の日程は？　もう、決まっているんですか？」

「ああ。実は、二日後で、総会日と一緒なんだ。だから、私は欠席投票をすることになるが、ここはちゃんと鷹栖くんに入れるから、安心していいよ」

『A型で、二日後!?　まさか、専務？』

野上の中に、一つの可能性が湧き起こる。

「それにしても、本当にドナーの方には、なんとお礼を言っていいのか、わからないよ。バンクの決まりで直接連絡することも、お会いすることもできないが、私たち家族は、どれほど感謝しているかわからない。神にだって、これほどの感謝はしたことがない」

確信にも近い可能性が、不思議なぐらいに湧き起こる。

「そうですね。非血縁者からの提供を受けられるのだとしたら、本当に息子さんは、不幸中の幸いでしたね。いや、場合によっては、幸運をも上回る、奇跡を起こす力を持っている方なのかもしれない。神ではなく、愛が起こす奇跡を――――」

「え？」

野上は、戸惑う薬王寺に笑ってみせると、脈略もない自信が、どこからともなく湧いてくるのが、感じられた。

「失礼しました。ちょっと確認を取らなければいけないことができましたので、今日はこれで」

「―――……野上くん」

二日後に控えた、移植手術。株主総会での決議。そして、鷹栖の社長就任と東の快気。野上は、これから迎えるこれらの試練が、何一つ成就しないはずはないと思った。すべてが成功し、実りある結果となって、誰もが笑い合える日がきっと来る、近いうちに必ず来ると、信じることができた。


そして、二日後。総会は再びマンデリン東京の大広間にて、開催された。

「それでは、投票結果を発表します。株式総数、千二百七十七万五千七百一。無効投票六十三万八千七百八十六票。以下、千二百十三万六千九百十五票が鷹栖愛東京本社専務に投じられました。よって、95%の支持率を受けまして、代表取締役社長には、鷹栖愛氏に決定いたしました」

これまでのNASCITAにはなかった理由で長期欠席となった鷹栖だが、そのいきさつを白石が伝えると、社員たちはどこの派閥であるとか、誰の支持者であるということを白紙に戻して、自らの意思で頂点に立つものを決めた。そしてその中には、白石本人も含まれていた。

「すみませんでした。こんな場にお呼びしておいて、結果的に私まで、鷹栖に票を入れました」

総会が終了すると、白石は自分から頼んで来てもらったはずの義岡に、身体を二つに折り曲げて、謝罪した。

「いいえ。気になさらないでください。あなたが最後にそうしたのは他の誰でもない、私自身のせいだ。私がこんなとき、あなたならどうしましたか？　と聞かれ、胸を張ってドナーにはなれないと、はっきり答えたためだ」

理由は義岡が言った通りだった。どんなに優れたCEOであることがわかっていても、白石の投票そのものが、はなから社員たちへの警告であったとしても、義岡の意思を知った白石は、彼に賛同を意味する投票ができなかったのだ。

「ですが、私はフリーでCEOをする限り、会社の全権を預かったからには、どこまでもその役割を果たすことこそが、使命だと思っています。なので、鷹栖さんのような選択はできない。できないことに、悪気も感じない。私が守るべきは、私が預かった社員とその家族なのでね」

しかし、そんな白石に、義岡はいたって堂々としていた。微塵の迷いもなく、己の意思を貫くという姿勢を見せ、白石を圧倒した。

「けれど、他社ならともかく、NASCITAという会社には、私のような男はふさわしくない。それをあなたが自ら示したことは、大切なことだ。今後のNASCITAや鷹栖社長、社員たちにとっても、迷わず進める最高の道標だ。なので、今回は、これがベストと言える、決議。そして、トップ交代だったと思います」

「義岡さん」

白石は、彼は彼でとても魅力的で、素晴らしい経営者だと思った。

「私もいい勉強になりました。また、いずれどこかで、お会いしましょう」

「ありがとうございました」

別れるときには、心の底から、感謝の言葉が出た。

「一段落ですね、社長。いえ、会長」

野上も自信があったとはいえ、望み通りの結果が得られるとホッとした。

「ん。まさか、最後の最後で叔父様まで鷹栖に票を入れてくれるとは、思わなかったけどね」

「鷹栖社長の忠告が効いた…というよりは、多分、気遣いが通じたんでしょうね」

「気遣い？」

「いえ。どんなに敵対しあったところで、白石支社長もNASCITAの人間だった。今回の鷹栖社長の決断に、共感し、同感したということでしょう。いいことです」

あとは手術が上手くいくのを、祈るだけだった。

「そうだね。さてと、あとは鷹栖が出てくるのを待って、就任式か」

「ご苦労様でしたね。朱音さん」

「野上もね」

鷹栖の、そして東の元気な姿を、一日でも早く見られるようにと、願うだけだった。

「つきましては、一つお願いがあるんですが」

「ん？　何？」

だが、野上の願いは、一月経っても、すべては叶わなかった。

二ヶ月経っても、叶うことはなかった――。

＊＊＊

鷹栖が社長に就任してから、瞬く間に三ヶ月が過ぎた。

「社長、暑くて仕事になりません。クーラーをもう1℃下げても、いいんじゃないでしょうか？」

「馬鹿いえ。だったら自分の体脂肪を一％下げてこい。きっと、少しは涼しくなる」

『無茶言うな、相変わらず』

暦は九月を迎えていた。が、それにも関わらず、暑さはまだまだ続いていた。

「こんにちは。社長いる？　ちょっと私と来てほしい場所があるんだけど、いいかな？」

「――白石会長？」

と、予定外に訪れた白石が社長室に顔出すと、鷹栖は今でも傍にいる野上のほうを見た。

「お時間のほうは、ご心配なく。私もお供します」

「あ、そう」

わけもわからず同行することになったが、鷹栖が連れて行かれた先は、東都大学医学部付属病院。しかも、そこには薬王寺と和泉聖人、なぜか黒河までもが控えていて、鷹栖は背筋に冷たいものが走った。つい、最初に目が合った黒河に、問いかけた。

「――――何事ですか？」

「いや、怯えんでいい。実はな、鷹栖。通常ドナーと患者が連絡したり、対面するのはできないってことは知ってると思うが、今回は異例の事態なんだ。患者の身内である薬王寺社長が、どうしても息子の命の恩人に礼が言いたい。それ以上に、やっと峠も越えたから、まずは快方に向かってる姿を、お前に見せたいと言うんで、こっちの責任で面会を許すことにしたんだ。偶然にも顔見知り同士だしさ」

「薬王寺社長の、息子さん？　え？　俺がドナーになったのが、ええ？」

聞けば確かに、怯える内容ではない。むしろ、喜ばしい内容だ。鷹栖はホッとすると、薬王寺のほうに視線を向けた。

「そう。君がドナーになってくれたのは、薬王寺東明。君には、東という名前のほうが、ピンとくるかもしれないが、あれは私の息子なんだ」

「――――東!?」

しかし、薬王寺の口からその名が出ると、鷹栖は呆然とした。

「東が、薬王寺社長の…？　ちょっ、待ってください。じゃあ、東は…、東は、入院してたんですか!?　しかも、俺がドナーだったってことは――――っ」

東が入院していたことにも驚いたが、その理由が急性骨髄性白血病。自分がドナーとなった患者が、よりにもよって愛していた男だったと知ると、鷹栖はどうしていいのかわからず、パニックさえ起こしかけた。

「っ、嘘っ。嘘だろう？　東!!　東っ!!」

「鷹栖！　落ち着いて」

「だって、だって会長！」

「だから、無事だったから。術後に拒絶反応も出なくて、手術は成功したんだって」

支える白石にしがみつき、今にも泣き出しそうになった。

「――――…成功？」

「ああ。君の勇気ある決断のおかげで、息子は助かった、私は父親だというのに、何もできなかった。結局、骨髄提供をしたいと思ったときには、何もしてやれなかったよ」

それでも不安げな鷹栖に、薬王寺が苦笑する。

「…っ、薬王寺社長」

鷹栖は東の言っていた男が父親のことだった、薬王寺のことだったのだと、今でも悔いが残る笑みから、静から悟る。

「けれど、せめて回復してきた息子に、君を会わせてやることはできるだろう。良く頑張ったと、声をかけてやってほしいと、頼むことはできるだろうと思って、主治医の和泉先生や白石会長にもお願いをして、君をここへ連れてきてもらったんだよ」

そうして鷹栖は、彼らに案内されて無菌室へ向かった。ガラス越しではあるが、ベッドに腰掛け寛ぐ、東を見つけた。

「あいにくまだ大事を取っているので、一般病棟には戻れていないいんだが————。それでも、これならもう安心だろうと、先生方にもお墨付きをもらったんでね」

東は最後に会ったときより、痩せていた。だが、鷹栖が見舞い続けた朱雀に比べれば、確かに顔色も良く、その眼差しにも覇気があった。

「————東!!」

鷹栖は、ガラスで仕切られた部屋の前に走ると、感情のままに声を上げた。

「愛…」

鷹栖に気付くと東もベッドから下りて、足早に歩み寄った。

「行こうか」

二人が見つめ合うと、和泉や薬王寺たちは、目配せをしながら微笑んだ。その場は二人きりにしようかと気を利かせ、静かに立ち去っていく。

「東…」

鷹栖は、仕切られたガラスに両手を這わすと、震える全身を抑えながら呟いた。

「何が…、何が旅に出るだ。修行するだ。お前、どこまで修行しに行くつもりだったんだよ。最強のホストって、こういうことだったのかよ!」

「————…っ」

惜しげもなくポロポロと涙を零す鷹栖に、東は言葉も出てこない。

「登録、すぐに消さなくてよかった。一度は、何もかも捨ててよかった。たとえ今この瞬間に何一つ残ってなくても、地位も名誉も、夢も希望もなくても、それでも…よかったよ」

許されるなら、抱き締めたい。今すぐ手を伸ばして、キスをしたい。東にも鷹栖にもそんな衝動しか起こらないのに、二人の前にはガラスの壁が立ち塞がっていた。

「お前が、こうして生きるなら、それだけでいい…。東とまた会えて、本当によかった…っ」

それでも、鷹栖は奇跡のような確率で巡り合った移植相手、血を分け合うことになった最愛の男を前に身を崩すと、ガラス越しに東を見上げてポツリと言った。

「好きだ…。俺、やっぱりあんたが一番好きだ――一番、傍にいてほしい」

神は決して裏切らなかった。自分からすべてを取り上げたりはしなかったと思うと、鷹栖は東の胸に身を寄せるように、ガラスの壁に寄り添った。

「俺もだ。愛…。ありがとうな。俺、おかげで助かった。生き延びたよ。大好きなお前のおかげで、これ以上ないってぐらい、愛してるお前のおかげで…」

そんな鷹栖のこめかみに向けて、東がガラス越しにキスをする。

「東っ」

鷹栖はそれに応じるように、自分からも唇を差し向けた。

「――…」

二人の唇が触れたガラスは無機質で、冷ややかで、まるで味気ないものだった。だが、これまでに交わしてきた数え切れないほどのキスよりも、貴く愛おしいものだった。

おしまい♡

THRONE

〜玉座を運ぶ者〜

CROSS NOVELS

無菌室から離れて長い廊下を歩くと、野上は窓から見える青空を眺めてホッと一息ついた。

『やっと、全部叶ったか』

すべてを知りながら沈黙し続けた三ヶ月、それは野上にとって、ただ過酷な日々だった。

「また貧乏くじだな」

それとなく肩を並べて話しかけてきたのは、黒河。

「なんのことですか？」

「鷹栖だよ。朱音が言ってたぜ。まさかそのまま鷹栖の秘書を続けさせてくれって、あんたから言われるとは思わなかったって。自分から、もうしばらく付いていてくれって頼もうとは思ってたけど、あんたから先に切り出されたことには、けっこうショックを受けたって」

黒河は、薬王寺や和泉と共に前を歩く白石に視線をやると、それでも彼らには聞こえないように、小声で野上に話しかけた。

「会長が？」

「これもやきもちって言うんだろうな。朱音は東の存在は知らなかったから、単純にあんたの気持ちだけを見て、凹んだんだろう。一生傍にいると信じていたナイトの一人をまんまと持っていかれて。あいつも実は、かなりわがままだからな。療治だけがいればいいの♡　とか言っても、野上はずっと傍にいる。何も言わなくても付いてくるって、勝手に思い込んでたんだろう。だから、あんたが新しい恋に走ったことに喜ぶより、驚いて、ショックを受けてたんだ」

「――――…、朱音さん」

思いがけない話に、野上の視線が白石の後姿に向かう。

「だからって、あいつの一番が俺なのは変わらないからな。変な期待するなよ。俺が言いたいのは、あんたまた失恋したな、ってことだけだから」

『黒河先生…』

だが、鬼のような黒河に瞬殺されると、野上は眉間にしわを寄せた。

「でもま、あれで案外可愛いとこ、あるもんな、鷹栖も。性格はキツイが、一途は一途だし。このままいけば、けっこうあんたとイイ仲になったと思う。っていうか、仕事が落ち着いて、性欲が戻ってくれば、確実に向こうから我慢できなくなって、迫ってきただろうし。そしたら応えるぐらいはしただろう？　フリーの男としては」

前と距離を置くように、二人の歩く速度が落ちてくる。

「それは、どうでしょうね」

「勿体つけるなよ。自分からすぐに口説くことはなくても、来るものは拒まないだろう？」

「ご自分と一緒にしないでくださいよ」

「気取るなって。ここだけの話じゃないか。俺とあんたの仲だろう？」

どんな仲だと突っ込みたくなるような話をしながらも、黒河は何かを求めて野上に向かって話し続けた。

「朱音だって、鷹栖なら納得したと思うぜ。大事な野上を取られても」

「嫌な言い方ですね」

「性格には自信があるぞ」

「ふっ…。そんなに言わせたいんですか？　私の本心を」

野上は黒河の意図を探りつつも、微笑する。

「そのほうが、次に行きやすいだろう？　恋は、胸の中だけでするもんじゃない。終わったものなら、とっとと吐き出して、捨てるに限る。でないと、次が巡ってこない。ま、これは朱音を奪った俺が言えることじゃないけどな」

「そうですね」

そうとしか言えず、野上は一度窓の外に視線を逸らした。

「でも、確かに――――。確かに、私は彼が好きでした。鷹栖愛という、破天荒で気丈で尻軽で、目つきが悪くて、口も悪くて、いいのは見た目ぐらいじゃないか？　と思うような、朱音さんとは似ても似つかないタイプの彼に、驚く速さで惹かれてました」

しかし、目にした青空に心が軽くなってか、野上は黒河に自ら語った。

「多分、東という男に出会わなければ、一生彼の本心を見ることがなければ、今頃口説き落としたあとだと思いますよ。誰に言われるまでもなく、二度も続けて逃すようなことはしません。これでも、学習能力はありますからね」

野上が確かに鷹栖に惹かれていたこと。

「でも、知ってしまったあとでは、無理なんです。不謹慎な話ですが、たとえ彼が助かっていなかったとしても、私には無理です。私にできることは、彼の存在を鷹栖愛に隠し続けることだけ。きっと死を隠し続けて、彼の仕事の手助けをするだけだったと思います」

だが、その傍らで、これまでには会ったこともなかった男にも、惹かれていたこと。

「なぜなら、彼がどれほど鷹栖愛を愛していたのか、またホストという仕事に誇りを持って徹していたのかを、見せられたから。命がけで、その二つを守ろうとしていた姿を、知らされたから」

何より誰も知らない二人のやり取りがあったことを、野上は黒河にだけは、聞かせた。

そう、あれは手術の前日のこと。野上は一つの覚悟を持って、無理を承知で、当然だめもとで、入院中の東に面会を求めたのだった。

「なんだ、やっぱり蛇の道は蛇か？　だから、他の病院にしてくれって言ったのに…。ここにいたら、いずれはバレるだろうとは思っていたが…、それにしても、バッドタイミングだな。愛にだけは黙っとけよ。ま、あんたがわざわざ報告するとは思わないが――」

東は相手が野上だと知ると、主治医であり友でもある和泉聖人に無理を言い、主治医付き添いのもとで、ガラス越しの面会を受けた。

「いいえ。これ以上のタイミングはありません。鷹栖専務は、現在特別病棟に入院されてます。もはや、社長選どころではありません」

「なっ!? 愛に何があったんだ!! あいつに、いったい何があったんだ!!」

しかし、東は野上から話を聞くと、弱りきった身体を無理やり起こそうとした。

「専務を助けるためなら、自分の命さえ投げ出しそうな勢いですね」

「当たり前だろう! いいから、何があったか早く言え!! お前は、ここにそれを言いに来たんじゃないのか!?」

今にも摑みかかりそうな勢いで、傍にいた和泉に、抑えられたほどだった。

「いいえ、私は、専務と会ってください。本当のことを、言ってあげてください。すべてを明かした上で、今の気持ちを、きちんと伝えてあげてください。そうお願いしにきただけです。専務はあなたから、あんな手紙を残されて泣き崩れてますよ」

「そんなことはどうでもいい! 愛の身体はどうなってるんだ? こんな大事なときに入院するなんて、それほど悪いってことなんだろう」

「いいえ。ドナー依頼が来たので、会社に辞表を出されたんです。今、入院しているのは、見ず知らずの患者さんに、ドナーとしての役割を果たすためです。もしかしたら、奇跡のような確立で適合した、明日手術を行う予定の、A型の患者さんのために」

「――――っ!?」

その上、野上から一つの可能性を突きつけられると、東は驚きから息を呑んだ。

「それが、東さんなのか、他の患者さんなのかは、わかりません。ここは規則ですから、教えてくれと言っても、バンク側は決して明かしてくれません。ですが、専務はすべてを捨てる覚悟で、ドナー依頼を受けました。きっと、すべてを捨てても、あなただけは残る。こんなにも愛していたと気付いた人だけは残っていると信じていたから、できたことだと思います。お願いします、東さん。どうか、専務にすべてを打ち明けてください。本当の気持ちをきちんと伝えてあげてください。お願いします。この通りです――」

野上がその場で膝を折って土下座に及ぶと、今にも途切れそうな声で言った。

「馬鹿いえよ。そんな状態で、微かな望みまで失せたらどうする？」

「――？」

野上は、その切なげな声に顔を上げた。

「何も知らなければ、いつかまた会える。次に会うときは、本当にただのホストと客かもしれないが、それでも笑って会える日がくる。縁があれば…そう思えるのに。今は無理でも、時間とともに、そう思える日が必ず来るのに、俺が死んだら、あいつはそれさえ失うんだぞ」

東は、和泉に支えられながらも、懸命に自分の思いを野上に打ち明けてきた。

「先代が死んだとき、また…同僚の朱雀とかって男が死んだとき、あいつがどんだけ泣いたか、あんた知ってるか？　誰にも見せずに、俺にだって見せずに、けど、愛は一人で泣くんだよ。あんたの前で俺に抱きついてきたときより、何十倍も泣くんだ…。自分が好きになる人間は、みんな先に逝くって言って、一人きりで泣くんだ」

その目には、今にも零れそうな涙が浮かんでいたが、東はそれを零すことはなかった。

「どんなに隠したって、俺にはわかってた。あいつは、部屋の隅で、そうやって泣くんだよ。なのに、俺まで逝ったら、どうするんだ？　あいつは二度と恋なんかできないぞ。それどころか、怖くなって誰も愛せない。好きになれなくなる。それをわかって言ってるのか？」

それどころか、こんな時にさえ野上を威嚇することを忘れない。

「それとも、そんなのは自分がどうにでもしてみせる。たとえ俺が死んでも、その後の愛は自分がどうにかするからって、自信があるから言ってるのか⁉　だとしたら、思い上がりもいいところだ。俺は、そんな愛し方はしていない。たとえ死んでもお前なんかに奪われるような愛し方なんて、してこなかった」

一人の人間として受け入れることはしても、鷹栖の男としては認めない。野上を警戒することはあっても、決して油断はしない、そういう雄の本能を剝き出しにしてきた。

「――――っ、東さん」

ただ、それでも東は、自分が生死の狭間にいることも、決して忘れてはいなかった。

「だから言ってるんだ。知らなくていいって。愛は、俺が愛したからこそ消えていった。自分の仕事とプライドを取り戻すために、離れていった。そう信じていればいいって」

最後は何が一番大事なのか？　と問われれば、自分ではなく鷹栖愛――――そう言い切れる強さも、愛も、忘れてはいなかった。

「たとえ今怒っても、泣いても、悔しがっても、これじゃあ踏んだり蹴ったりだと思っても、それでいい。別に、あいつならNASCITAに辞表を出したところで、すぐに次の会社が迎えに来る。それだけの才能も手腕も持っている。っていうか、こんなまっとうな理由で、そもそもN

ＡＳＣＩＴＡがあいつから辞表を受け取るのか？　たとえ今回の休みが響いて、社長にできなくなったとしたって、だからあいつを手放せるのか？　できるわけがないだろう。できるはずがないって、あんたの顔にも書いてある。会社も自分も、もう鷹栖愛が手放せないって！」

野上は、ここでもまた命がけの恋を見せ付けられたと思った。

「これで、わかってくれ。今の俺に言えるのは、次にあいつにちょっかいかけるときは、脅しじゃなくて、本気でやってくれってことだけだ。ふざけて、あいつを泣かせるようなことをしたら、化けて出るからなって――――言うだけだ」

好きで好きで仕方がない。愛しているから、心配でたまらない。それなのに、東は、だからこそと言う。最後は自分でなくてもいい。自分ほど鷹栖を愛してくれるなら、この先支えて、心から守ってくれるなら、それが野上でもいいんだと――――。

「あなたは、そこまで鷹栖専務を愛しながら、どうして退くことができるんですか？」

野上は、ここでもわかっていながら、聞かずにはいられなかった。

「相手の荷物にならないこと、夢や希望を奪わないこと、それがホスト・東明としての仕事だからさ。いや、俺がこうと決めた、恋する男の使命だからさ」

「っ!!」

東は、いつか店で言い張ったように、ここでも力強く言い放つだけだった。

「そして、あんたの仕事は、あいつに仕事をさせることだ。ＮＡＳＣＩＴＡのために、社員のために、何より鷹栖愛の本人のために、いい仕事をさせて、悦ばしてやることさ。いずれ、他に欲も出てくるだろうが、まずは仕事からフォローしてやってくれ」

和泉の支えなしには、上体さえも起こせない。それだけ身体が衰弱してても、その目の強さだけは変わらなかった。

「だが、だからって俺が、このまますんなりあの世に逝くだなんて、思うなよ。俺は、必ず復活する。夜の新宿に、クラブ・クラウンに、今度は正々堂々と薬王寺東明として君臨する。そして最強のホストとして、またあいつを落とす。一から、ラブゲームを楽しむんだからさ」

野上は立ち上がると、東に言った。

「わかりました。では、その時には、彼がまた下手な遊びを覚えないよう、私がきっちりと見張ることにします」

「――ああ、頼むな。俺の大事なハニーを、ヨロシクな」

特別な約束などない。ただ、言葉にならない思いだけは、通じ合ったと思った。

「あなたへの借りは一度ですから、二度もヨロシクされたくはないですね。ですが、代わりに、私のお願いを一つだけ聞いていただけるなら、最善を尽くします。あなたが望むように、私も私の立場から、彼を支えていきましょう」

「願いだ？」

「はい。もしもこの移植手術が、奇跡のような巡り合わせで行われたとわかったら、術後にありがとうと言ってあげてください。完全に復帰してからなんてカッコはつけないで、お前のおかげで助かった。こうして生き延びたって、笑ってあげてください。それぐらい、今回専務は大きな決断されました。おそらく、これまでの人生で一番の…。お願いします」

野上は、奇跡のような確率を願うしかなかった。奇跡のような結果を望むしかなかった。

鷹栖へNASCITAの玉座を運ぶ手伝いはできるが、東を回復へと誘うことができるのは、もはや愛の奇跡に他ならないと思えて――。

「ああ。わかった。そんな奇跡が、あるんなら。その上で、俺が無事だったらな」

野上は東とあえて、そんな約束をした。


「へー、そんなやり取りがあったのか」

野上が話し終えると、黒河は冷静を装いながらも、少しだけ声を詰まらせていた。

「ええ」

「鷹栖をものにするだけあって、やっぱり並の男じゃねぇな。相手の荷物にならないこと、夢や希望を奪わないこと。それがホストの、いや…恋する男の使命か――。さすがは、タラシな聖人の友人だけあって、言ってくれるよな」

同じ病で亡くなった朱雀は、黒河の親友だった。そして、癌の再発防止治療を受け続ける白石は、黒河の最愛の恋人であり、患者だ。

「そうですか？　黒河先生もけっこうおっしゃる口かと思いますが？」

「言うだけはタダだからな」

野上は、鷹栖と東に起こった奇跡なら、きっと黒河と白石にも起こるだろうと、思わずにはいられない。

「けど、言わなきゃ伝わらないときもある。言葉にしなきゃ、わからないときもある。今頃鷹栖は、この世に生まれて一番幸せだって感じてるだろう。そう思える一瞬に喜びを感じて、生まれてきたことに感謝もしてるだろう。お前の痛い思いを引き換えにしてよ」

「黒河先生」

どんなことをしても、奇跡を起こしてほしいと、祈らずにはいられない。

「ま、だとしても、いい加減〝いい人〟に徹するのは、やめるんだな。でないと、次も貧乏くじを引くぞ。深窓の令息に過激派美人――――、二度で懲りとけよ」

「黒河先生っ！」

野上は、自分をからかって笑いを取り戻した黒河を見ていると、きっとこの胸の痛みは、一生なくならないような気がした。

「ははははは。悪い、悪い。でも、鷹栖のほうは、これで心身から落ち着くんだろうし、社長が落ち着けば、会社も落ち着く。でも、今後もあんたが忙しいのは変わらないんだから、健康にだけは気をつけてくれよ！」

「ええ」

しかし、どんなに痛みを感じても、黒河と白石が今のままでいられるなら、幸せでいられるならと、心から思った。

「それじゃあ、またな。たまには、酒でも飲みに行こうな、社長秘書！」

「ありがとうございます。あ、言い忘れていましたが、私が鷹栖社長の秘書を務めるのは、今月いっぱいまでですから。彼には、元の秘書の方城が戻りますので、すぐに朱音さんの秘書に戻ります。なので、今後もお付き合いよろしくお願いしますね、黒河先生！」

「は？」

それには、まずポジションを回復。野上は自分自身も元のサヤに納まることを宣言すると、唖然とした黒河に、いつも通りの冷笑を浮かべた。

「いや、方城が、黒河先生と朱音さんの新婚ぶりに音を上げて、仕事にならなくなってきたんですよ。なので、やっぱり私でないと、務まらないようです。では、お先に」

「――なっ、なんだよ、それ!!」

声を上げた黒河を置き去りにすると、わざとらしく「会長！」と呼んで、白石の隣へと駆け寄った。

「野上っ、野上!!」

窓の外には爽やかな風がそよぎ、暑いながらも、夏の終わりが近いことを、それとなく伝えていた。

おしまい♡

あとがき

こんにちは、日向《ひゅうが》です。このたびは本書をお手にしていただき、誠にありがとうございました。本書は久しぶりに書いた会社モノ、ホストモノ、いや、やっぱりベースはいつもの病院モノだったのですが、いかがなものでしたでしょうか？　私としては、読みきりリンクのDrシリーズを開始してから、初めて「白衣の…」というサブタイトルを取った一冊だったので、話とは関係の無いところでドキドキしています。ただ、これは一冊でも読めますが、既刊を読んでくださっている方には、ぜひ「朱雀流一《すざくりゅういち》」をキーワードにして、この本をMARIAからの三部作として読み直していただけたら、とても嬉しいです。自分なりにではありますが、彼には病と闘っていくための夢と理想と現実を重ねてみました。なので、お手持ちの方はぜひ（笑）。さて、それはそうと水貴《みずき》先生！　今回も大変お世話になりました。主役の二人もさることながら、方城《ほうじょう》にも萌えました！　ありがとうございました。そして担当さまにも大感謝です。「次もまたヨロシクお願いしますね♡」と言える喜びを胸に頑張りますので、お二人とも見捨てないでくださいね。それでは皆様、またお会いできますように♡

http://www.h2.dion.ne.jp/~yuki-h/